KB072967

The Record of

재중 귀환록

FUSION FANTASTIC STORY
푸른 하늘 장편 소설

재중 귀환록 14

푸른 하늘 장편 소설

초판 1쇄 찍은 날 § 2015년 4월 29일
초판 1쇄 펴낸 날 § 2015년 5월 12일

지은이 § 푸른 하늘
펴낸이 § 서경석

편집책임 § 박가연

펴낸곳 § 도서출판 청어람
등록번호 § 제387-1999-000006호
등록일자 § 1999. 5. 31
어람번호 § 제1-2114호

주소 § 경기도 부천시 원미구 부일로 483번길 40 서경B/D 3F (우) 420-822
전화 § 032-656-4452 팩스 § 032-656-4453
http://www.chungeoram.com
E-mail § chungeorambook@daum.net

ISBN 979-11-04-90217-8 04810
ISBN 979-11-5681-939-4 (세트)

The Record of Dragon's Return

재중 귀환록

14

뜻밖의 문제

푸른 하늘 장편 소설

FUSION FANTASTIC STORY

도서출판 청어람

CONTENTS

Chapter 01
화병

재중귀환록

찌릿!

천서영은 갑자기 가슴 중심에서 느껴지는 고통에 살짝 한쪽 눈을 찡그렸다.

딱히 고통스럽다거나 아픔이 오래가지는 않았기에 살짝 눈을 찡그린 정도다.

다만 그럴 일이 없는데 갑자기 가슴이 아픈 것이 왠지 이상하게 느껴졌다.

"잠시만요."

천서영이 잠시 화장실을 가기 위해 일어서자,

"내가 잠시 앉아 있는다?"

캐롤라인이 기다렸다는 듯 재중의 옆자리, 즉 방금 전까지 천서영이 앉아 있던 자리에 냉큼 앉았다.

"그러세요."

어차피 캐롤라인의 성격상 안 된다고 해봐야 듣지도 않을 것이 뻔하다.

그래서 그런 것인지 대수롭지 않게 허락한 천서영은 그대로 뒤쪽 기내 화장실을 향해 움직였다.

어차피 캐롤라인이 저러긴 해도 천서영이 돌아오면 자신의 자리로 갈 것을 잘 알고 있다.

그래서 천서영도 받아준 것이다.

하지만 확실히 그동안의 방식을 버리고 적극적으로 움직이기 시작한 캐롤라인의 모습은 천서영에게도 부담일 수밖에 없었다.

"에휴."

찌릿!

"큭."

천서영이 또 한 번 자신도 모르게 한숨을 내쉬었는데, 이번에는 조금 더 강한 통증이 느껴졌다.

"뭐지? 왜 이리 아픈 거지?"

천서영은 재중의 도움이 있기 전에는 암으로 병원에서

죽을 날만 기다리던 사람이었다.

그때의 지독했던 경험 때문인지 본인뿐 아니라 가족들도 천서영의 건강에 대한 염려가 많고, 보통 사람보다 훨씬 건강 관리에 조심하는 편이다.

지금도 1년에 한 번씩 정기검진을 받고 있는 그녀였다.

그런데 분명 지난번 검진에서 아무런 이상이 없다고 결과가 나왔기에 이렇게 갑자기 가슴이 아픈 것을 도무지 이해할 수가 없었다.

여기서 말하는 정기검진은 일반 사람들이 받는 검진의 수준을 훨씬 상회하는 것이다.

천산그룹에서 세운 병원에서 최고의 검진기기를 동원해 검사를 받고 있으니 말이다.

암에 걸려 기적적으로 살아난 천서영은 누가 시키지 않아도 스스로 1년마다 힘든 정기검진을 받고 있었다.

암으로 죽을 고비를 넘기고 나서 건강이 얼마나 중요한지를 깨달았기 때문이다.

하지만 그것보다 더 큰 이유는 자신의 몸에 무관심한 결과로 얼마나 커다란 아픔과 대가를 치르게 되는지 뼈저리게 느꼈기 때문이다.

"아무 이상 없었는데."

그렇기에 천서영은 갑자기 가슴 중심 쪽에서 느껴지는

고통이 도무지 이해가 가지 않았다.

정기검진을 받은 지 불과 4개월 남짓 지났을 뿐이다.

특히나 지난번에는 몸의 상태가 최상이라는 말까지 들었다.

약간의 스트레스성 반응이 있었지만 그 정도는 평범한 사람도 느끼는 수준이었다.

그러다 보니 의사들은 완전히 건강한 몸이라고 판정을 내렸다.

그런데 그런 말을 들은 지 불과 4개월 만에 가슴에 통증이라니?

당연히 천서영으로서는 이상하다는 느낌이 들 수밖에 없었다.

거기다 통증을 느끼는 곳이 가슴이라는 것도 어느 정도 경각심을 가지게 되는 이유이기도 했다.

명치에서 조금 위쪽, 정확하게는 가슴과 가슴 사이에서 통증이 연속으로 느껴졌다.

이 부위에서 통증을 느끼는 게 의학적으로 결코 좋은 일이 아니라는 것 정도는 천서영도 알고 있었다.

"한국으로 돌아가면 다시 검사를 받아봐야 하나."

찌릿!!

"큭!"

그런데 천서영이 막 고민하면서 화장실 문을 열려는 순간, 또다시 가슴에 통증이 느껴졌다.

이번에는 앞서 느낀 것보다 훨씬 큰 고통에 천서영은 순간 걸음을 멈추고 제자리에 가만히 서 있어야 했다.

거기다 처음엔 살짝 따끔한 정도라면 이번엔 마치 무언가에 얻어맞은 듯 통증의 진한 여운까지 남아서 그녀를 괴롭혔다.

"헉헉."

하지만 정말 의아할 정도로 금세 언제 그랬냐는 듯 통증이 사라졌다.

숨을 가라앉히고 화장실로 들어간 천서영은 잠시 거울로 자신의 얼굴을 쳐다봤다.

"하아!"

그러자 왠지 한숨이 나온다.

천산그룹의 손녀가 비행기 안 화장실에서 거울을 보며 한숨을 쉰다는 것을 누가 상상이나 하겠냐마는, 현실이 그러했다.

"왜 이러지. 마음이……."

천서영은 거울을 보면서 한숨과 함께 불만스러운 표정을 잔뜩 지어 보였다.

그리곤 대뜸 자기 자신에게 잔소리를 하기 시작했다.

"그래서 어떻게 지키겠어. 너도 용기를 내야지. 안 그래? 바보처럼 당하지 말고."

마치 누군가가 꼭 해줬으면 하는 말들을 거울을 통해 스스로에게 하기 시작한다.

하지만 천서영은 결국 몇 마디 더 하고는 그만두었다.

"왠지 바보 같다. 이러는 것도."

사실 재중이 자신의 마음을 받아줬을 때만 해도 날아갈 듯 행복하던 천서영이었다.

하지만 막상 사귀는 사이가 되었는데도 재중에게서 별달리 변화가 없자 점차 답답함을 느끼게 되었다.

특히나 캐롤라인이 옆에서 기회를 노리고 있는 것이 그녀에게는 큰 부담으로 다가왔다.

배경이나 집안을 따져 봐도 오히려 천서영이 밀리는 판이니 오죽하겠는가.

물론 재중의 옆자리를 차지한 것은 캐롤라인이 아니라 천서영 그녀이긴 했다.

하지만 왠지 그럼에도 더욱 불안해지는 것은 스스로도 어쩔 수 없는 것이니 말이다.

"챔피언이 되는 것보다 챔피언 자리를 지키는 게 더 힘들다더니 그 말이 딱 맞네. 지금의 나를 보면."

천서영은 언젠가 명언처럼 스치듯 들은 말을 중얼거렸

다.

연인이 되었지만 오히려 더욱 불안하고 눈치를 보는 자신을 발견하고 만 천서영이었다.

물론 재중이 보이지 않게 자신을 신경 써주는 것도 느낄 수 있긴 했다.

자신의 능력과 비밀을 비록 조금이지만 보여주었으니 말이다.

하지만 천서영은 오히려 재중이 그럴수록 불안감이 커지는 것을 어쩔 수가 없었다.

재중은 죽어가는 사람도 살리는 능력을 가지고 있고, 완전무장한 훈련받은 군인을 아무렇지 않게 죽이는 무력도 가지고 있다.

그뿐인가?

어둠 속에 사라져 버리는, 도저히 설명할 수 없는 능력까지 가지고 있다.

처음 재중이 스페인 저택에서 사라졌을 때, 혹시 인간이 아닐지도 모른다는 생각까지 한 천서영이다.

그것이 아니라면 도저히 재중의 능력을 설명할 길이 없다.

하지만 그것도 곧 대충 넘겨 버렸다.

그런 상상을 하기엔 재중의 출생부터 모든 것이 너무나

명확했다.

찌릿!!

"크윽!"

그런데 또다시 가슴에 통증이 찾아왔다.

아무 예고도 없이 오는 친구의 결혼식을 알리는 청첩장처럼 말이다.

거기다 이번 네 번째 통증은 세 번째보다 두 배는 더 강하기까지 했다.

"점점 더 고통이 심해지는 건가. 설마……."

마치 폐를 짓누르는 듯한 느낌까지 든다.

천서영은 아프지만 그래도 숨을 들이쉬기 위해 입을 벌렸다.

하지만 결과는 낮은 신음 소리였다.

"끄윽, 헉헉헉."

화장실, 그것도 기내 화장실에서 혼자 고통에 거의 쓰러질 것 같은 상황에 처하고 만 천서영은 무의식적으로 눈을 감았다. 왠지 서글프면서도 외롭단 생각이 들기 시작했다.

반면 그런 생각이 들면서도 이상하게 이런 고통 속에서도 생각나는 사람, 보고 싶은 사람이 단 한 사람뿐이라는 것에 그녀는 자신도 모르게 입가에 미소를 지었다.

'재중 씨…….'

우지끈!

벌컥!

그런데 그런 천서영의 바람이 통했던 걸까?

갑자기 잠겨 있는 화장실 문이 부서지면서 열리더니 재중이 그녀의 눈에 보였다.

"이런."

재중은 거의 정신을 잃어가는 천서영의 모습에 표정을 굳히고 손을 뻗었다.

재중이 그녀의 이마에 손가락을 대고는 나노 오리하르콘을 빠르게 몸속에 침투시키기 시작했다.

"……?"

그런데 나노 오리하르콘으로 천서영의 몸을 살펴본 재중은 고개를 갸웃거렸다.

'정상이라니?'

지금 천서영은 고통에 숨도 제대로 쉬지 못하는 상태이다.

다리를 떨고 이마에 식은땀이 흐르는 증상은 누가 봐도 고통을 참고 있는 모습이다.

그런데 뜻밖에도 나노 오리하르콘을 침투시켜 살펴본 결과 지극히 정상이니 당황할 수밖에 없었다.

'테라.'

—네, 마스터.

'지금 천서영의 상태가 왜 이렇지?'

—몸 상태는 지극히 정상인데요, 마스터.

테라도 재중이 부르자마자 바로 마나 탐지로 천서영의 몸을 살폈다.

하지만 고통스러워하는 그녀의 모습과는 달리 몸 상태는 지극히 정상이었다.

"저기, 무슨 일이세요?"

그때, 재중이 화장실에서 무언가 하는 모습에 승무원이 다가와서 물었다.

"일행이 쓰러졌습니다. 일단 편한 자리로 옮겨야 될 것 같습니다. 그리고 혹시 기내에 의사분이 계시면 안내 부탁드립니다."

"네? 아, 네!"

승무원은 재중의 모습에 의심스러운 표정으로 다가왔다가 천서영을 보고는 화들짝 놀랐다.

그리곤 재중의 말을 듣고 재빨리 방송을 하기 위해 부산스럽게 뛰어나갔다.

물론 재중과 테라가 있는 이상 승무원에게 말한 의사의 존재란 무의미했다.

그래도 지금 같은 상황에서는 재중으로서도 의사를 부를

수밖에 없었다.

재중이 판단하기로 천서영의 몸은 지극히 정상이니 말이다.

―혹시?

그런데 테라가 천서영의 모습을 가만히 살펴보더니 말했다.

―마스터, 잠시 제가 천서영의 그림자로 옮겨 갔다 다시 올게요.

"그래."

테라는 재중의 가디언이기에 특별한 목적과 이유가 있지 않는 이상 타인의 그림자로 이동할 때는 재중의 허락이 필요했다.

재중은 테라에게 뭔가 생각이 있겠지 하는 생각에 바로 허락했다.

사라락! 사라라락!

재중의 허락이 떨어지자 테라가 재빨리 천서영의 그림자로 옮겨 갔다.

곧이어 테라는 마치 한의원에서 몸에 침을 놓듯 그림자를 날카롭게 만들어 찌르기 시작했다.

"……?"

재중도 그런 테라의 행동은 처음 본다.

다만 현재 재중은 천서영보다 테라를 더욱 믿기에 그냥 보고 있을 뿐이다.

―역시.

그런데 그림자를 침처럼 만들어 몸을 찔러보던 테라가 해답을 얻은 듯했다.

"아픈 이유가 뭐지?"

재중도 나노 오리하르콘이 정상이라는 판단을 내렸음에도 아픈 사람을 본 것이 이번 천서영의 경우가 처음이기에 묻지 않을 수 없었다.

―이거 화병이에요, 마스터.

"화… 병?"

―네. 뭐 울화병이라고도 하고, 쉽게 말해 스트레스가 쌓여서 몸이 이상 신호를 보내는 거라고 생각하시면 돼요 우선 제가 손을 써서 더 이상은 가슴에 고통이 느껴지지 않겠지만 스트레스가 계속 쌓이면 이것도 응급조치에 지나지 않을 거예요, 마스터.

"……."

재중은 테라의 말에 순간 멍하니 천서영을 쳐다봤다.

바보가 아닌 이상 지금 천서영이 이렇게 스트레스 받는 이유가 무엇 때문인지는 뻔했으니 말이다.

"나 때문이겠지?"

―그건… 두말하면 입 아프죠, 마스터.

다다다다!

재중이 천서영이 아픈 이유를 듣는 와중에 승무원이 황급히 의사를 데리고 재중에게 다가왔다.

그리고 의사가 천서영을 진찰한 결과,

"스트레스성 발작과 비슷한 겁니다."

테라와 똑같은 결론을 내리면서 테라의 말에 힘을 실어주기까지 했다.

마침 천서영이 쓰러졌다는 소식에 다들 몰려와 있던 상황이었다.

그런데 그런 의사의 말을 듣자마자 연아는 단번에 원인이 무엇인지 알았다는 듯 재중을 무섭게 째려보기 시작했다.

"…미안하다."

아무리 재중이라도 이 정도면 자기 때문이란 것이 분명하니 사과부터 했다.

하지만 머리로만 하는 이해였다.

가슴으로는 왜 자신 때문에 천서영이 고통에 쓰러질 만큼 스트레스를 받는 것인지 사과를 하면서도 이해하지 못하고 있었다.

사랑이라는 것을 해본 적도 없었으니 말이다.

드래곤으로 완전히 각성해 버린 재중이었다.

어쩌면 무의식중에 인간과 자신이 다르다는 것을 인식하고 있는지도 몰랐다.

예를 들어 개와 고양이가 서로 사랑한다는 것이 과연 가능할까?

아니, 불가능할 것이다.

간혹 TV에서 종족을 넘어서 사랑하는 동물들의 이야기가 나오기는 하지만 그건 정말 특이한 경우였다. 특이하니까 TV에도 나오는 것일 테고 말이다.

그런데 드래곤과 인간의 사랑이 과연 가능할까?

가치관이 완전히 다른 것은 엄청난 벽일 수밖에 없었다.

가치관이 다른 경우 같은 인간끼리여도 사랑하기 힘든 일이다.

하물며 드래곤이 된 재중과 평범한 사람인 천서영이라면 두말할 필요가 없었다.

"전… 괜찮아요, 재중 씨."

하지만 지금은 그런 가치관 차이를 생각할 때가 아니었다.

그보다는 방금 고통에서 벗어난 천서영을 보듬어주는 것이 재중이 꼭 해야 할 일이었다.

그리고 이런 천서영의 상태로 인해 재중이 사람의 감정

에 대해서 고민을 하기 시작했으니 꼭 나쁘다고만 할 수는 없는 일이기도 했다.

'나도 모르게 쉽게 생각했군.'

누군가의 마음을 받아들인다는 것이 얼마나 무거운 일인지를 뒤늦게 깨달은 것이다.

마음이라는 게 멀쩡한 사람이 곧 죽을 것처럼 고통스러워할 만큼 무겁다는 것을 재중은 이제야 알았다.

과거에는 어떨지 모르겠지만, 지금까지 재중이 지켜본 천서영은 뭐랄까, 속으로 삭이는 스타일이다.

상처를 받으면 우선은 스스로가 생각하면서 고민하는 그런 스타일이다.

뭐 어떻게 보면 조신하고 참을성이 많아 보일 수도 있겠다.

그러나 이건 달리 말하면 답답한 스타일이기도 하다.

왜냐하면 표현을 하지 않으니 웬만큼 센스 있는 사람이 아닌 이상 천서영의 기분을 알아차리는 것이 쉽지 않으니 말이다.

그런데 그런 성격의 천서영이 죽을 고비를 넘기면서 더욱 차분해졌다.

거기다 사랑의 열병을 앓으면서 재중의 곁에 머문 지도 오래되었다.

사실 일반적인 사람들이 생각하기에 사랑이란 아름답고 행복한 것일 수도 있다.

물론 그것도 아예 틀리지는 않다. 사랑이란 분명 아름답고 행복하다.

하지만 그건 사랑의 단면에 불과했다.

동전의 양면과 같이 사랑은 사람이 살아가면서 겪을 수 있는 최고의 스트레스이기도 했으니 말이다.

사랑에 실패했다고 세상이 무너질 것처럼 쓰러져 폐인이 되는 것도 그런 이유이다.

심하면 자살하는 사람이 있는 것도, 그만큼 사랑 때문에 스트레스를 많이 받기 때문이다.

그런데 천서영은 그런 짝사랑의 힘든 과정을 겨우 넘기고 재중의 곁에 있는 것을 허락받았다.

처음엔 거기서 끝인 줄 알았는데 이게 연인으로 허락을 받았다고 해도 끝난 것이 아니라는 것을 알게 된 것이다.

그러자 재중을 향한 마음이 지금까지와는 비교도 되지 않을 스트레스로 다가왔다.

물론 혼자 끙끙 앓는 성격이다 보니 내색하지는 않았지만 그게 가슴에 쌓인 것은 당연했다.

그리고 무의식중에 그동안 쌓인 스트레스가 폭발해 버렸다.

전혀 예상치 못한 비행기 안에서 말이다.

'내가 무심했어.'

무감각한 재중이 스스로를 돌아보면서 느낄 정도다.

그러니 당사자인 천서영이 어느 정도로 스트레스를 받았을지는 상상하기도 힘들었다.

사실 재중에게 스트레스란 무엇인지 알지도 못할 만큼 관련이 없기도 했다.

세상을 뒤집을 능력과 무력, 그리고 모든 것을 내려다보는 존재인 드래곤이 된 현재 재중이었다.

그에게 하지 못하고 이루지 못해서 생기는 스트레스란 있을 수가 없었다.

간혹 변수가 있긴 하지만 그것도 천서영과 달리 속으로 앓기보다는 행동으로 먼저 옮겨서 해결하는 스타일이다.

그러다 보니 사실 재중은 원래부터 스트레스를 받을 수가 없었다.

스윽~

짧은 순간이지만 지쳤는지 고통에서 벗어나자 천서영은 스륵 잠이 들었다.

재중은 그렇게 잠든 천서영의 어깨를 살짝 감싸 안았다.

"으음."

그러자 천서영이 자동적으로 재중의 어깨에 머리를 기대

면서 흔히 멜로물에서 보는 자세가 되었다.

"후후훗, 제발 앞으로도 그렇게만 좀 해, 오빠."

뒤쪽에 앉아서 계속 상황을 살펴보던 연아가 재중의 행동에 한마디 했다.

살짝 놀랐지만 괜찮은 변화이기에 진심을 담은 한마디였다.

하지만 재중은 굳이 대답하지 않았다.

혹시라도 겨우 잠든 천서영이 깨어날 것이 염려가 되기도 했고, 지금 재중의 머릿속이 고민으로 가득 찬 것도 이유였다.

'내가 천서영의 마음을 받아들인 것이 결국 잘못된 행동인가.'

재중은 혼자 곰곰이 생각에 빠졌다.

하지만 아무리 생각해 봐도 어째서 천서영이 이렇게 스트레스를 받는 것인지 쉽게 이해가 가지 않았다.

아무래도 재중이 남자이니만큼 여자인 천서영의 마음을 다 알기에는 무리가 있는 것은 당연했다.

아니, 남자이기 이전에 재중의 성격 자체도 무심한 편이기에 천서영의 섬세한 마음을 모르는 것이 당연할 수도 있다.

하지만 혼자 고민에 빠져 있는 재중의 모습이 옆에서 지켜보는 사람마저 답답할 정도로 헤메고 있다 보니 결국 테라가 나섰다.

—마스터.

'응?'

—저는 천서영이 왜 저렇게 스트레스를 받았는지 알 것 같은데요.

'그래?'

현재 재중에게 냉정하게 모든 것을 어드바이스 해줄 존재는 연아가 아니고 바로 테라였기에 어쩔 수 없이 나선 것이다.

—마스터께서 천서영의 마음을 받아주긴 했지만 사실 변한 건 없잖아요.

'그랬던가?'

재중이 테라의 말에 잠시 생각해 보자 확실히 테라의 말이 맞긴 했다.

지금까지 별다른 변화가 없었다.

연인이 된 뒤로 뭔가 살갑게 대한 적도 없고, 닭살 돋는 행동을 한 적도 없었다.

물론 그러한 것들도 중요하다.

하지만 진짜 문제는 지금 재중이 생각하는 게 아닌데, 재중은 그걸 전혀 깨닫지 못하고 있었다.

─사실 딱 꼬집어서 보면 마스터의 성격을 천서영이 모르는 것이 아니기에 100% 마스터의 책임이라고 하기도 애매하지만요. 진짜 문제는 바로 캐롤라인이에요.

'캐롤라인?'

─네, 비록 천서영이 마스터의 연인이 되었지만 그럼에도 불구하고 계속되는 캐롤라인의 접근이 결과적으로 천서영을 압박한 거예요.

'…….'

테라의 말을 들은 재중이 생각해 보니 확실히 그 말도 맞는 것 같았다.

지금까지는 맹목적으로 재중을 바라보기만 하던 천서영이었다.

하지만 이제는 일방적인 사랑만 하던 상황에서 지켜야 하는 상황으로 바뀌자 그동안 느끼지 못한 압박감을 느꼈을 것이다.

더구나 그 상황에서 만만치 않은 캐롤라인의 공격을 견디려니 더더욱 힘겨웠을 것이고 말이다.

하지만 그렇다고 해도 지금에 와서 캐롤라인을 완전히 나 몰라라 할 수도 없었다.

그건 재중뿐만이 아니라 천서영도 마찬가지이다.

이미 사업적인 관계로 떨어질 수 없는 사이가 된 그들이었으니 말이다.

어쨌거나 계속 부딪칠 수밖에 없었다.

아마 천서영도 그런 어쩔 수 없는 상황에 더욱 스트레스
를 받았을지도 모른다.

'결국은 내 탓이군.'

재중이 나직하게 한마디 하자,

—뭐 결과적으론 마스터 때문이긴 하죠.

테라도 재중의 말에 조용히 고개를 끄덕였다.

다만 이렇게 갑작스럽게 알게 된 것이 조금은 당황스럽
긴 했다.

하지만 조금만 생각해 보면 결국 언젠가는 터질 일이기
도 했다.

좀 빨리 터졌다는 것이 문제지만 말이다.

Chapter 02
두바이 경찰차

재중귀환록

"정민호입니다. 천산그룹 비서팀에서 나왔습니다."

재중과 일행이 두바이 공항에서 내려 공항 중간쯤 걸어
가고 있었을까?

재중에게 다가온 30대 중반의 남자가 90도로 인사하면서
재중에게 다가와 말했다.

"이곳까지 어쩐 일이세요?"

천서영이 남자를 알아본 듯 아는 체했다.

"오랜만에 뵙습니다, 아가씨. 회장님의 명령으로 어제 도
착해서 기다리고 있었습니다."

"할아버지께서요?"

천서영은 지금 재중과 마주하고 있는 비서팀에서 나왔다고 하는 정민호를 어느 정도는 알고 있었다.

하지만 오히려 그를 알고 있기에 지금 그가 두바이까지 날아온 것에 놀랄 수밖에 없었다.

말로는 비서팀이라고 하지만 그건 대외적인 명함이라고 할 수 있었다.

실제 재중을 마중 나온 정민호는 천산그룹 천 회장 직속 산하에 있는 감찰팀 소속으로 기업의 정보와 비밀스런 여러 가지 업무를 처리하는 역할을 하는 사람이다.

업무의 특성상 천산그룹을 크게 벗어나지 않는 것이 대부분인 정민호였다.

그런 그가 재중을 마중하기 위해 두바이까지 날아왔다는 사실도 놀랄 일이지만, 그보다 천 회장의 명령으로 왔다는 것에 천서영은 더욱 놀랄 수밖에 없었다.

더구나 정민호는 혼자가 아니었다.

"대사관에서 나왔습니다."

대사관의 서기로 있다는 남자가 재중에게 인사하더니 안내를 하기 시작한 것이다.

재중은 자국민을 모른 체하기로 유명한 한국 대사관에서 직접 마중 나온 것이 나름 흥미롭기도 했다.

하지만 그 친절의 속뜻을 알고 있는 재중이었다.

200억 달러의 여파가 상당하다는 것을 잘 알면서 그저 사람 좋은 미소를 짓고 있을 수만은 없었다.

스페인의 친구로 떠오른 재중이다.

스페인 내에서는 재중 때문에 한국 기업과 한국 유학생은 도적들도 일부러 모른 체한다는 말이 있을 정도였다.

일본이나 중국 유학생들은 누군가의 도움을 받고 싶으면 한국말로 도움을 요청하는 것이 유행이 될 정도였으니 말이다.

다른 말로는 구해달라고 해도 모른 체하는 스페인 사람들도 한국말로 도와달라고 하면 귀신같이 알고 도와준다는 말을 재중도 들었다.

하지만 설마 이 정도로 약발이 좋을 줄은 몰랐다.

콧대 높고 엉덩이 무거운 한국 대사관이 마중 나온 것을 보면 말이다.

그런데 재중이 모르는 것이 있었다.

현재 재중을 직접 마중 나온 천산그룹의 정민호와 대사관의 사람들은 그저 전면에 나선 얼굴마담에 불과하다는 것을 말이다.

이미 세계 각국의 정부에서 재중에 대해서 정보를 수집하라는 명령이 떨어진 상태였다.

즉 지금 각국의 수많은 시선이 보이지 않는 곳에서 재중에 대해서 살펴보는 중이었다.

그러면서 동시에 지금 재중이 다시 두바이로 날아올 수밖에 없게 만든 슈퍼카 도난 사건에 대해서 파헤치고 있는 것이다.

"우선 호텔로 모실까요?"

정민호가 재중에게 말했다.

"아니요. 우선 저희 직원들이 잡혀 있다는 곳으로 가주세요."

"알겠습니다."

긴 비행에 피곤을 느낄 만도 하건만 재중은 바로 용건을 꺼냈다.

재중이 곧바로 SY미디어 직원들이 잡혀 있다는 경찰서로 가기를 원하자 정민호가 앞장서서 안내했다.

그런데 일행이 공항에서 나오자마자 두바이 경찰로 보이는 차 두 대가 빠르게 다가오더니 재중의 앞에 멈춰 섰다.

딸각.

그러고는 경찰차 안에서 웬만한 연예인은 가볍게 무시할 만큼 굉장한 미녀 경찰관이 내리더니 재중을 향해 똑바로 걸어왔다.

"선우재중 씨인가요?"

"네, 그렇습니다."

아랍어로 물어오는 미녀 경찰에 재중이 능숙한 아랍어로 대답했다.

상대는 재중의 아랍어에 제법 놀라는 눈치다.

아랍어는 익히기 어렵기로 유명한 언어였다.

동양인, 아니, 동양인뿐만 아니라 이곳 아랍 현지인이거나 오랫동안 산 사람이 아닌 이상 이 정도로 완벽하게 아랍어를 구사하는 사람은 본 적이 없었으니 말이다.

물론 영어도 쓰고 몇 가지 언어가 더 있지만 대부분은 아랍어를 사용했다.

종교가 이슬람교였기에 아랍어가 보편화되는 것은 어쩌면 당연했다.

아무튼 능숙한 재중의 대답에 혹시라도 재중이 아랍어를 모르면 영어로 물어보려고 준비하던 미녀 경찰관이 피식 웃었다.

그녀가 미소 띤 채로 자기소개를 하며 손을 내밀었다.

"라자르 리빈이에요."

"반갑습니다, 라자르 리빈 양."

그런데 재중이 그런 그녀의 손을 무시하듯 슬쩍 고개만 끄덕이며 인사를 하자 여자가 새삼스럽다는 듯 재중을 쳐다보았다.

"이곳 문화를 잘 아시는군요."

이곳 이슬람 문화권은 모르는 여자의 손을 잡아서는 안된다.

조금 웃기지만 연인이라도 사람 많은 곳에서 손을 잡고 다니는 것도 불가능했다.

두바이는 워낙에 관광객이 많이 오간다는 특성이 있어 다른 이슬람 문화권 국가들보다 개방적이긴 했다.

하지만 그것도 외국 사람들에게나 통했다.

라자르 라빈은 아무리 봐도 이곳 두바이 사람이었다.

때문에 재중은 이슬람 문화권에서 여자가 경찰이라는 것 자체가 이례적이라는 것을 알고 있기에 일부러 예절을 지킨 것이다.

이슬람 문화권에서 여자로 태어나는 것은 한마디로 지옥이나 마찬가지였다.

단편적인 예로 이슬람 국가에는 명예살인이라는 것이 있다.

이름만 들어보면 뭔가 아리송하지만 실체를 알고 보면 황당함을 넘어 기가 막힌 수준이다.

사실 이 명예살인이 세상에 알려지게 된 것도 모두 한 여기자의 목숨을 건 노력 덕분이었다.

알리 후세이나라는 이름의 여기자는 명예살인에 충격을

받아 한동안 이곳이 사람이 사는 곳인지 의심했을 정도라고 했다.

명예살인이란 이슬람 국가에만 있는 특이한 관습이었다.

집안의 명예를 더럽혔다는 이유로 가족 구성원을 죽이는 것이 바로 명예살인인데 정작 그 명예살인이라는 미명하에 여자들이 죽는 이유가 정말 황당했다.

그런데 여기에 더욱 황당한 것은 여성들 스스로 죽음으로써 가족의 명예를 지켜야 한다고 생각한다는 것이다.

간단한 예로 열다섯 살의 딸이 약혼자와 전화 통화를 했다는 이유로 딸을 죽인 아버지도 있었다.

이유는 성인이 되기 전에는 약혼자라도 가까이 해서는 안 된다는 자신의 명령을 어겼다는 것이다.

그뿐만이 아니다.

한 여자가 친오빠에게 성폭행을 당한 상황에 그녀가 피해자임에도 불구하고 품행이 단정치 못하여 친오빠를 유혹했다는 죄명 아래 아버지에게 살해당한 사건은 충격을 넘어 경악할 수준이었다.

한마디로 성폭행을 한 친오빠는 죄가 없고 오히려 성폭행당한 여자가 죄가 있다는 것이다.

사실 한국의 일부 기득권 자제들의 성폭행 사건과 비슷한 면이 없지 않아 있는데 황당하지만 버젓이 실제로 일어나고 있는 사실이었다.

다만 한국과 다른 것은 한국은 법이라는 것이 있지만 이슬람 국가는 명예살인이라는 관습이 법에 우선하고 있다는 점이다.

법을 무시하고 부모가 직접 자식을 죽이는 일이 비일비재하게 일어난다는 것이다.

일반적인 상식으로는 도저히 이해가 가지 않는 일이다.

하지만 이슬람 국가에서는 오히려 그게 당연한 일로 받아들여졌다.

재중이 지금 자신을 소개한 미녀 경찰관 라자르 리빈이라는 여자에게 일부러 손을 내밀지 않은 것도 다 그 때문이었다.

이곳은 모르는 남자가 여자의 그림자만 밟아도 무슨 일이 벌어질지 모르는 곳이니 말이다.

"그렇게 경계할 거 없어요. 그래도 이곳은 예멘 같은 곳과는 많이 다르니까요."

사실 라자르 리빈도 재중의 행동이 딱히 기분 나쁘거나 하진 않았다.

지금 재중처럼 신경 써주는 남자는 사실 찾기 힘들었다.

호의로 한 일을 나쁘게 받아들일 이유가 없는 것이다.

"경찰서로 가실 거죠?"

편하게 재중에게 말하는 라자르의 모습에 재중이 고개를 끄덕이자,

"그러실 것 같아서 이렇게 마중 나왔어요. 타세요."

그러고는 경찰차의 문을 열어주는데 뭔가 이상했다.

그녀가 처음 등장할 때부터 차의 모양이 조금 이상하긴 했다.

황당하게도 경찰차가 2인승 스포츠카였으니 말이다.

"다른 분들은 어쩌시겠어요?"

라자르는 재중만 모셔 올 것을 명령받은 터였다.

그래서 자신이 자주 타는 경찰차를 몰고 왔는데, 막상 와 보니 재중에겐 일행이 있어 슬쩍 눈치껏 물어본 것이다.

"우선 팜주메이라에 가 있어."

재중은 나직하게 천서영에게만 말하고는 그대로 라자르를 따라 경찰차에 올라탔다.

"쳇, 벌써 애인 챙기는 건가."

일부러 티는 내지 않았지만, 재중의 행동으로 보아 의도한 것이 뻔히 보였다.

그래서 자연스레 캐롤라인이 낮게 투덜거렸다.

하지만 그녀도 사실 투덜거리는 게 전부일 뿐이다.

아무리 적극적이고 진취적인 성격의 캐롤라인이라지만 재중의 성격을 알고 있으니 여기서 더 어떻게 할 수 있는

건 없었다.

재중의 애인은 공식적으로 천서영이었으니 말이다.

한편 천서영은 재중이 자신에게만 말하는 모습에 왠지 모르게 설레는 중이다.

다만 가뭄에 콩 나듯 표현하는 재중의 성격 때문인지 좋아하는 천서영의 모습이 노골적이라서 옆에 있는 연아와 캐롤라인도 한 번에 알 정도지만 말이다.

"그런데 굉장한 미녀네요. 경찰관이라지만."

흠칫!

순간 뒤에서 들리는 목소리에 천서영이 고개를 돌려보았다.

거기에는 장난스럽게 웃으면서 싱글거리는 바네사의 얼굴이 보였다.

찌릿!

천서영의 기분이 급 다운되는 것을 느낀 연아가 황급히 바네사를 째려보자,

"아, 그냥 미녀라구요. 하하하! 자, 팜주메이라로 가죠."

황급히 말을 돌리는 바네사였다.

하지만 이미 천서영의 기분은 다시 다운된 뒤였다.

물론 바네사가 눈치가 없어서 그런 말을 했을까? 절대로 아니다.

킬러로서 눈치와 감각만으로 살아온 세월이 결코 짧지 않은 그녀였다.

그런 바네사가 사람의 심기를 건드릴 수 있는 그런 말을 실수로 했다는 것은 도저히 있을 수 없는 일이다.

한마디로 일부러 그런 것이다.

물론 바네사가 그런 일을 벌인 근본적인 이유는 재중에 대한 복수에 있다.

하지만 왠지 심통이 난 것도 어느 정도 작용했다.

그러나 그런 심통을 부릴 때는 반드시 대가가 따르는 법이다.

─너 그냥 저기 이름 모를 바다 속에 묻힐래?

섬뜩!

순간 바네사의 머릿속에 테라의 목소리가 들렸다.

킬러로서 적잖이 담력 강한 그녀지만 순간 식은땀이 흘렀다.

'아, 아니요. 호호호호!'

바네사는 바로 꼬리를 내렸다.

하지만 테라는 그대로 넘어가지 않고 낮으면서도 의미심장한 목소리로 말했다.

─용서는 한 번뿐이야. 알지? 두 번째는 마스터의 명령이 없어도 내가 묻어버릴 테니까.

'네.'

바네사에겐 인간을 초월한 존재, 괴물 같은 존재, 그리고 왜 그런 힘이 있으면서도 웅크리고 있는지 이해가 되지 않는 존재가 바로 재중과 테라였다.

막말로 인간이 강해봐야 거기서 거기라고 생각할 수도 있다.

하지만 바네사는 자신이 그동안 느껴온 본능적인 감각을 믿은 것이 얼마나 행운이었는지 그 누구보다 본인이 가장 잘 알고 있었다.

절대로 적으로 돌려서는 안 되는 존재.

꿈에서라도 재중을 만나는 것이 무서운 바네사였다.

그리고 그런 그녀에게 테라는 재중만큼 무서운 존재였다.

더구나 실질적으로 손을 쓰고 하나하나 챙기는 것이 테라이기에 바네사에게는 테라가 더 무서운 존재일지도 모른다.

거기다 미모로도 테라에게 밀리는 바네사이다.

"왜 그래요?"

연아는 바네사가 테라에게 협박을 받고 있다는 것을 알지 못하기에 갑자기 멈춰 선 그녀에게 의아함을 느끼고 물었다.

"아, 죄송해요. 잠깐 다른 생각 좀 하느라. 가시죠."

황급히 웃는 표정을 지은 바네사가 바로 앞장을 섰다.

하지만 앞장선 것도 잠깐이고 결국 일행은 정민호를 따라가게 되었다.

아무리 킬러라도 두바이 공항에서는 차가 없으면 택시를 타야 했다.

재중을 따라간 대사관 서기 대신 일행의 안내를 맡은 정민호가 차를 끌고 와서 그나마 천만다행이었다.

"바네사가 이런 실수도 하고. 후후후훗."

연아는 스페인에서 똑 부러지게 일 처리를 하던 바네사의 모습과 지금 모습이 너무나 상반되어 웃었다.

하지만 한편으로는 오히려 이런 모습이 인간미가 있어서 보기 좋다고 생각했다.

바네사 본인에게는 굴욕적인 일일지도 모르지만 연아에게는 오히려 좋은 인상을 심어준 셈이다.

*   *   *

"흐음, 재중 씨는 놀라지 않네요?"

"……?"

공항을 빠져나온 뒤 조용히 가던 라자르가 재중을 보면

서 뭔가 토라진 듯 말했다.

재중이 무슨 의미인지 몰라 고개를 갸웃거리자, 라자르가 다시 한 번 물었다.

"지금 타고 있는 차가 어떤 차인지 아세요?"

왠지 말투에 살짝 자랑하고 싶은 마음이 들어가 있는 듯하지만 재중은 그냥 고개를 저었다.

스포츠카로 보이긴 하지만 경찰차라는 고정관념을 가졌다 보니 별 관심이 없었다.

"후후훗, 아마 들으면 놀랄 텐데요?"

"그런가요?"

라자르가 마치 기대하라는 듯한 미소를 지었지만 재중은 표정에 별다른 반응을 보이지 않았다.

그러자 그녀가 왠지 심통이 난 듯 목소리에 힘을 주며 말했다.

"부가티 베이론이에요."

"부가티 베이론?"

재중은 라자르의 말에 그제야 경찰차의 모습을 세심하게 살펴보았다.

확실히 일반 경찰차와는 많이 다르긴 했다.

무엇보다 경찰차가 2인승 스포츠카라는 것부터가 도무지 상식에 어긋났다.

범인을 잡으면 옆자리에 태우고 가란 말이나 다름없는 스포츠카이다.

부가티 베이론에 타는 범인이 오히려 행운일지도 모를 일이다.

"흥, 놀랐죠?"

마치 어린애처럼 자랑스러워하는 라자르의 모습에 재중은 피식 웃었다.

확실히 부가티 베이론을 경찰차로 사용하는 것이 놀랍긴 했다.

무려 27억 원이나 하는 하이슈퍼카였으니 말이다.

가격으로만 보면 강남의 비싼 아파트 한 채와 맞먹는다.

하지만 그것도 보통 사람에게나 통할 일이었다.

"쳇, 별로 놀라지도 않네."

지금까지 라자르는 자신이 거의 자가용처럼 사용하는 부가티 베이론에 다른 사람이 탈 때마다 호들갑을 떨던 것을 기억하고 있었다.

그래서인지 재중의 김빠진 반응에 샐쭉해졌다.

그런데 그런 라자르에게 재중이 나직하게 한마디 했다.

"저도 한 대 가지고 있어요."

"네?"

"이거요."

재중이 살짝 손가락으로 지금 자신이 타고 있는 경찰차를 가리키자,

"……."

그제야 라자르는 자신이 데리고 가는 재중이 어떤 사람인지 깜빡했다는 것을 기억해 냈다.

200억 달러를 친구의 부조금으로 주는 남자.

단지 친구라는 이유로 엄청난 돈을 쓰는 남자.

그리고 월가의 괴물로 불리는 빅핸드라는 남자가 바로 재중이었다.

사실 라자르도 어디 가서 꿀리는 배경이 아니었다.

하지만 돈에 관해서는 라자르의 배경도 재중 앞에서 그다지 내세울 것이 되지 못했다.

라자르가 굳이 말하진 않았지만 여성 인권이 밑바닥인 아랍권 국가인 두바이에서 여자가 경찰관이라는 것은 웬만한 배경이 있지 않고는 불가능했다.

두바이 왕족, 그것도 현 두바이 왕의 사촌쯤 되는 위치.

그것이 라자르의 진정한 배경이었다.

한마디로 두바이에서는 라자르가 하고 싶다고 마음먹은 이상 하지 못할 것이 없다는 뜻이기도 했다.

멀기는 하지만 나름 왕위 서열에도 들어 있는 공주이기도 했다.

공주가 경찰관이 된다는 것 자체가 좀 황당한 일이긴 하다.

하지만 라자르가 워낙에 개방적이고 또 어릴 적부터 외국에서 오래 살다 보니 그냥 무작정 밀어붙인 결과 경찰관이 된 것이다.

다만 혹시라도 그녀가 위험한 임무에 나갈지 몰라 라자르를 붙잡아놓기 위해 두바이 왕이 직접 부가티 베이론을 전담해 타도록 손을 쓰긴 했다.

하지만 그게 전부였다.

라자르의 고집이라면 왕가에서도 알아주는 고집이었으니 그 이상은 간섭할 수가 없었던 것이다.

어쨌거나 그러한 배경 탓에 경찰청장도 라자르에게는 함부로 명령을 내릴 수가 없었다.

한마디로 라자르 리빈은 경찰관이긴 하지만 동아리 활동하듯 경찰관 노릇을 하고 있는 것이었다.

재중도 그런 상세한 상황까지는 모르지만 그녀의 배경이 보통이 아닐 것이라는 것 정도는 이미 만나는 순간 알아차렸다.

아무리 경찰이지만 웬만한 배경이 있지 않고는 이 모든 일이 불가능했으니 말이다.

"쳇."

낮게 투덜거리는 라자르의 모습에 재중은 피식 웃어버렸다.

배경이 대단한 라자르였지만 이런 일에 금방 토라지는 것을 보면 확실히 어린 것이 티가 났다.

끼익~

그 후로 토라진 라자르는 아무 말 없이 운전만 했고, 그러다 보니 빠르게 경찰서에 도착했다.

"따라와요."

경찰서에 도착하자 라자르가 재중을 안내했다.

물론 그녀는 싫은 티를 팍팍 내고 있었지만 명령 때문에 어쩔 수가 없었다.

물론 재중은 그런 그녀의 모습에 웃으면서 말없이 따랐다.

딸각~

"여기서 기다리면 될 거예요."

재중을 화려한 응접실로 보이는 방에 데려다준 뒤 라자르는 그대로 휑하니 나가 버렸다.

찬바람이 쌩쌩 분다.

"누군지 데리고 갈 남자가 고생하겠군."

자존심이 세고 자기 고집이 강한 라자르의 성격을 이번 짧은 만남으로도 고스란히 알게 된 재중이다.

하지만 재중은 그러려니 하고 그냥 피식거렸다.

어차피 다시 만날 일은 없을 것이다.

"화려하군."

금세 라자르에 대한 생각을 접은 재중이 시선을 돌려 방 안을 살펴보았다.

확실히 경찰서에 있는 방이라고는 생각하기 힘들 만큼 화려했다.

특히나 커다란 그림 하나가 재중의 시선을 사로잡았다.

—저거 피카소 그림인데요? 거기다 진품이에요.

"진품?"

황당하게도 경찰서 응접실에 있는 그림이 피카소의 그림 이었다.

그것도 가품이 아니라 진품이란다.

—헐, 이 정도면 과시를 넘어서 자부심이라고 해야겠죠, 마스터?

테라도 대충이나마 그림의 가격을 알기에 놀라서 재중에 게 물었다.

재중이 피식 웃으면서 고개를 끄덕였다.

지금 재중이 있는 곳은 두바이 경찰서의 중심이다.

라자르의 안내가 없었으면 찾아오기 힘들 만큼 길이 복 잡하기도 했다.

그리고 경찰서에까지 이렇게 피카소의 진품을 장식하는 것 자체가 보통 일이라고는 볼 수 없었다.

이건 이미 과시를 넘어서 자부심 수준이었으니 말이다.

사실 두바이 경찰이 슈퍼카에 투자한 금액만 거의 70억 원이라고 들었다.

즉 그 액수라면 부가티 베이론 외에도 슈퍼카가 또 있다는 뜻이다.

유명한 람보르기니와 페라리까지 있으니 무슨 설명이 더 필요하겠는가?

하지만 이런 것에는 모두 이유가 있었다.

일반적인 국가에서는 경찰차로 슈퍼카를 사용할 일이 그다지 없다.

하지만 이곳 두바이는 조금 사정이 특이했다.

기름으로 인해 한때 길거리도 돈이 썩어 넘치던 두바이다.

그러다 보니 이곳 두바이에는 세계적으로 비싸다는 슈퍼카가 다 모여 있을 정도로 많았다.

거기다 두바이는 사막 도시라 도로가 일직선으로 뻗어 있는 경우가 대부분이기에 차를 몰고 속도를 내다가 사고를 내는 경우가 흔했던 것이다.

문제는 그런 사고를 내는 차들 대부분이 람보르기니, 페라리, 부가티 같은 엄청난 몸값을 자랑하는 슈퍼카라는 것이 최대 골칫거리였다.

　거기다 사고를 내고 도망치는 슈퍼카를 일반 차로 쫓아가는 것은 사실상 불가능하기도 했었다.

　그래서 두바이 경찰이 고민하다 내린 해결책이 바로 경찰차도 슈퍼카로 단속하자는 것이었다.

　─황당한 결론이네요.

　테라가 이해하지 못할 정도로 황당한 결론이다.

　하지만 사실 그것도 겉으로 보이는 이유와 속뜻은 조금 달랐다.

　"과시하고 싶은 거겠지. 자신들은 아직 건재하다는 것을 말이야."

Chapter 03
의외의 결과

재중귀환록

사실 두바이는 크게 한번 휘청거린 적이 있었다.

  수억씩 하는 슈퍼카가 길거리에 고철이 되어 나뒹굴었고, 세계 언론까지 모두 두바이라는 국가가 진짜 무너지는 것은 아닐까 걱정할 정도로 크게 휘청거렸다.

  물론 지금에 와서는 다시 일어서긴 했다.

  하지만 승승장구하면서 세상에 무서울 것이 없고 세상의 모든 돈을 끌어모을 것 같던 두바이의 휘청거리는 모습을 보였다.

  그건 확실히 세계적으로 큰 이슈가 될 수밖에 없었다.

한마디로 두바이 왕가의 자존심에 커다란 금이 간 것이다.

그래서 두바이 왕가는 자신들은 아직 건재하다는 것을 보여주기 위해서 슈퍼카로 경찰차를 만들어 버렸다.

그러다 보니 실제로는 단속의 목적보다 과시용이었다.

두바이는 아직 건재하고 중동의 중심이 될 자격이 있다고 과시하려고 말이다.

하지만 사놓은 비싼 슈퍼카를 일반 경찰에게 쓰라고 줄 수도 없고, 설혹 준다고 해도 누구를 골라서 주느냐는 문제가 생겼다.

그래서 그냥 차고에 둘 수만도 없으니 왕족과 가까운 사람이나 친인척이 전담해서 몰고 있는 것이다.

물론 딱지 떼는 용도로 말이다.

사실 2인승 슈퍼카로 범인을 인도하는, 경찰차의 본분은 도저히 시행할 수 없었다.

그러다 보니 결국 하는 것은 도로 순찰, 딱지 떼는 용도였다.

거기다 유지비가 워낙에 비싸다 보니 물보다 기름이 싼 두바이에서도 만만치 않은 유지비가 들었다.

그래서 그나마 출동도 손가락에 꼽을 정도로 적을 수밖에 없었다.

한마디로 그냥 선전용인 것이다.

아무튼 그렇게 혼자만의 생각에 잠겨 있던 재중이 문득 이곳으로 다가오는 기척을 느꼈다.

딸각.

곧이어 50대 중반의 남자가 방 안에 들어왔다.

남자 뒤에 경찰복을 입은 건장한 남자 네 명이 서 있었다.

물론 재중과 다른 슈퍼카 경찰차를 타고 뒤따라온 한국 대사관 서기도 함께였다.

"반갑습니다."

"네, 반갑습니다."

재중은 남자가 내민 손을 맞잡고 인사를 한 뒤 자리에 앉았다.

"이곳을 책임지고 있는 압둘라마입니다."

한마디로 이 경찰서의 가장 높은 직책에 있는 사람이라는 뜻이다.

그리고 그는 두바이 왕가의 혈족이기도 했다.

물론 테라가 미리 알려줬기에 재중도 알고 있었다.

그런데 어째서인지 압둘라마가 자리에 앉고 이야기를 시작하자 왠지 재중에게 쩔쩔매는 것이 아닌가?

한국 대사관도 재중에게 쩔쩔매고 있다.

"사실 이번 사건으로 위에서 압력이 많이 들어와서… 하하하하!"

압둘라마의 말에 재중은 피식 웃었다.

자신이 스페인으로 떠나기 전 의도한 것이 제대로 먹혀들었다는 증거이니 말이다.

아마 사방에서 외교적으로 압박을 가했을 것이다.

물론 한국도 압박을 가했다는 것은 조금 의외였지만, 확실히 재중이 계획한 대로 이뤄지긴 했다.

"사실 저희도 처음 신고를 받고 처리하면서 뭔가 이상하다는 것을 느꼈습니다."

압둘라마는 최대한 자신들은 모르고 했다는 것을 강조하듯 말했다.

하지만 재중은 그의 눈동자에서 그게 거짓이라는 것을 충분히 알 수가 있었다.

아시아의 작은 나라, 한국 사람이라는 것에 우선 체포하고 봤을 것이 뻔했다.

한국 사람들이 외국에서 불이익을 당하는 경우가 의외로 많다는 것을 재중은 알고 있었다.

그런데 막상 신고를 받고 체포하고 보니 너무나 큰 거물이었던 것이다.

유럽과 북미, 그리고 남미 국가들에서 대사관을 통해 엄청난 압박이 들어올 정도로 말이다.

그러자 두바이 왕가도 뒤늦게 자신들이 체포한 SY미디어 사람들에 대해서 알아보았다.

그 결과 월가의 괴물이라는 빅 핸드, 즉 재중과 관련이 있다는 것을 알고 부랴부랴 손을 쓰기 시작했다.

하지만 모든 처리를 끝내기 전에 재중이 먼저 두바이에 도착하고 만 것이다.

그래서 두바이 왕가는 나름 성의를 보이기 위해 라자르를 보내 재중을 데리고 오게 한 것이고 말이다.

가뜩이나 재중과 어떻게든 잘해보려고 하던 두바이 왕가로서는 조마조마할 수밖에 없었다.

거기다 두바이 왕이 연아와 둘째 왕자를 결혼시키려 했다는 것까지 알게 되어 압둘라마는 지금 속이 타들어가는 중이다.

그도 그럴 것이, 지금 두바이 왕은 화가 잔뜩 난 상태였다.

자신이 잘해보려고 노력해도 잘될지 안 될지 시원찮을 판에 재중의 직원들을 체포했으니 말이다.

거기다 다른 사람도 아니고 200억 달러를 친구의 부조금으로 주는 재중이다.

그를 겨우 몇 억 원짜리 슈퍼카를 훔쳤다는 말도 안 되는 죄목으로 체포했다고 한다.

이것은 거의 국제 망신 수준이었다.

몇 십억 달러도 아니고 무려 200억 달러를 간단하게 움직이는 재중에게 밉보여서 좋을 게 없다는 것은 이미 다른 국가들이 더 잘 알고 있는 일이었다.

"하하하, 바로 무죄로 처리했습니다. 나가실 때 동행하게 해드릴까요?"

압둘라마의 비굴한 표정에 재중은 고개를 저었다.

"제가 슈퍼카를 훔쳤다고 신고한 사람들을 보고 싶습니다."

"네? 그야 어렵지 않습니다."

지금 압둘라마는 재중이 무엇을 부탁해도 다 들어줘야 할 판이다.

재중이 신고한 사람을 보고 싶다고 하자 당장에 벌떡 일어섰다.

말도 안 되는 거짓 신고라는 게 사실상 밝혀진 상황이어서 이미 잡아놓고 있었다.

잠시 후, 압둘라마의 안내로 도착한 곳은 조금 칙칙하지만 범인을 심문하기 적당한 흔한 방이었다.

그리고 그 방 안에는 세 명의 남자가 양손에 수갑을 차고 앉아 있었다.

"저 녀석들입니다."

"어떤 사람들이죠?"

재중은 바로 방으로 들어가지 않았다.

대신에 우선 방 안을 훤히 들여다볼 수 있는 특수 거울 앞에 서서 그들을 보며 물었다.

"이곳에서 요트로 관광객을 안내하는 일을 하는 녀석들입니다."

압둘라마는 자신이 조사한 것을 말하기 시작했다.

그런데 그의 말을 들은 재중은 고개를 갸웃거렸다.

사기 전과 몇 범도 아니고 착실하게 요트 관광업을 하던 사람이라는 말에 재중은 의심을 담아 슬쩍 압둘라마를 쳐다보았다.

"저희도 그게 이상해서 몇 번이나 알아봤지만, 확실하게 요트 관광업을 하는 녀석들이 맞습니다. 거기다 그다지 부유하진 않지만 이곳 두바이에서는 부족하지 않게 살고 있더군요."

"그래요?"

이상했다.

요트 관광업으로 나름 돈을 벌면서 두바이 부호나 왕족처럼은 아니지만 부족하지 않을 만큼 살고 있다니 도무지 지금 상황에 어울리지 않았다.

거기다 더 황당한 것은 슈퍼카가 욕심나서 거짓 신고를 했다는 것이다.

세 사람 모두 이미 중고 람보르기니를 한 대씩 가지고 있다고 했다.

거기다 모두 결혼해서 자식까지 있는 한 가정의 가장이라는 말까지 듣자 재중은 도무지 상식을 떠나서 이해가 되지 않았다.

결국 재중은 거울 앞을 떠나 직접 저들을 만나기 위해 방안으로 들어갔다.

물론 외국인이 이렇게 경찰서를 제집 드나들 듯 하는 것은 말도 안 되는 상황이다.

하지만 재중은 예외일 수밖에 없었다.

지금도 재중을 어떻게든 자기 국가에 좋은 감정을 가지게 하기 위해 첩보전 비슷하게 활동하는 자가 두바이에 가득했으니 말이다.

거기다 그 국가들이 앞다퉈 두바이에 압박까지 넣고 있었다.

세상은 1%의 천재가 99%의 사람을 먹여 살린다는 말이 있다.

그리고 그게 현재 경제를 지배하는 구조이기도 했다.

더구나 재중은 그 1% 중에서도 상위 0.01%에 속하는 사람이다.

한마디로 돈 버는 쪽으로 보면 천재를 넘어서 있다.

북미에서 재중의 가치를 돈으로 표현한 적이 있는데, 그 때 전문가들은 최소 수천억 달러라고 했다.

그것도 개인이 말이다.

돈으로는 이제 재중이 어디 가서 기죽을 일이 없다는 뜻 이다.

*　　　*　　　*

'마법이군.'

재중이 방 안으로 들어와 거짓 신고를 한 남자 셋의 눈동 자를 가만히 쳐다보고 내린 결론이다.

테라도 그런 재중의 생각에 힘을 보탰다.

—복종마법의 한 종류인 것 같아요, 마스터.

'복종마법이라……. 마법의 흔적이 희미한 것을 보면 그 다지 강한 것도 아닌 것 같은데…….'

—네, 복종마법이라고 꼭 무조건 명령을 내리는 마법만 있는 것은 아니에요. 욕심이 많은 자는 욕심을 부추겨 의도 한 대로 움직이게 하는 마법도 복종마법의 하나로 분류하 거든요.

'한마디로 마법으로 자신의 뜻을 관철시킬 수 있는 마법은 다 복종마법으로 취급한다는 거네?'

─뭐, 그렇게 생각하셔도 돼요.

그런데 그들의 눈동자를 통해 남아 있는 마법의 흔적은 찾았지만, 그것뿐이었다.

그래도 의문은 풀리지 않았다.

어째서, 무엇 때문에, 누가, 어떤 이유로 복종마법까지 써서 SY미디어 직원을 체포했는지 말이다.

그리고 왠지 찜찜했다.

지금 자신이 두바이로 온 사실 자체가 말이다.

결과적으로 누군가의 의도로 재중이 움직인 것이었다.

─마스터, 누군가 마스터를 이쪽으로 불러들일 목적으로 그랬다고 생각할 수밖에 없어요.

'나도 그렇게 생각하긴 하는데… 문제는 누구냐는 거야.'

거기다 시기도 의심스러웠다.

아이러니하게도 SY미디어 직원들이 체포된 것은 스페인에서 재중이 200억 달러를 줘서 한창 소동이 일어나는 중이었으니 말이다.

즉 200억 달러를 그냥 주는 재중이 겨우 몇 억 원짜리 슈퍼카를 훔쳤다는 말도 안 되는 상황을 만든 것이다.

조금만 알아보면 지금 SY미디어 직원을 체포한 것은 말도 안 되는 사건이었다.

사건은 이미 다 해결되었지만 핵심은 여전히 남아 있었다.

물론 재중과 테라만 알고 있는 채로 말이다.

그런데 잠시 생각하던 재중의 뇌리를 스치는 것이 있었다.

'테라.'

—네, 마스터.

'당장 스페인으로 이동해. 그리고 신승주와 알리시아 여왕을 보호해.'

—네? 설마……?

테라도 재중의 말을 듣고서야 떠오른 것이다.

그레고리 라스푸틴이라는 존재가.

—당장 이동할게요, 마스터.

테라는 재중의 명령이 떨어지자 곧바로 재중의 그림자를 벗어나 공간이동으로 스페인으로 향했다.

그리고 그곳에서 신승주와 알리시아 여왕의 안전을 확인했다.

다행히도 재중이 걱정하던 일은 없었기에 테라는 안도의 한숨을 쉴 수가 있었다.

사실 지금 상황에서 가장 재중을 스페인에서 떨어뜨려

놓고 싶은 존재를 꼽자면 당연히 러시아의 괴승으로 불린 그레고리 라스푸틴이다.

어찌 되었든 라스푸틴의 계획이 재중으로 인해서 실패했고, 거기다 제자까지 죽어버렸으니 말이다.

물론 갑작스런 알베르토 6세의 죽음도 라스푸틴의 짓이었다.

자신에 대한 정보를 감추기 위해서 스페인의 국왕까지 죽이는 녀석이다.

SY미디어 직원들을 체포해서 재중이 스페인을 떠날 수밖에 없는 상황을 만드는 것쯤이야 어려울 것이 없었다.

하지만 테라가 직접 가본 결과 신승주와 알리시아 여왕은 평소와 다름없었다.

특히나 재중 때문에 현재 스페인에서 신승주의 인기는 최고였다.

그러다 보니 정치인을 이용해서 신승주를 어찌해 볼 수도 없는 상황이었다.

만약 신승주에게 무슨 일이 생기면 당장 스페인은 재중이 준 돈 200억 달러를 토해내야 했으니 말이다.

혹시라도 알리시아가 이혼을 한다고 해도 아마 스페인의 정치인들은 도시락 싸들고 다니며 말릴 것이다.

나중엔 어찌 될지 모르지만 당장 스페인은 그 돈을 갚을 능력이 없으니 말이다.

그렇게 테라를 통해 신승주와 알리시아가 안전하다는 말을 들은 재중은 고개를 갸웃거렸다.

분명히 라스푸틴이라면 재중이 스페인을 떠나는 순간 무슨 짓이든 했을 것이 분명하다.

그런데 그쪽에 아무 일 없다는 것은 라스푸틴이 아니라는 말이나 다름없으니 말이다.

"누구지?"

재중은 삼합회를 생각했지만 지금 녀석들은 내부적으로 혼란한 상황이라 재중에게 정신을 팔 여유가 없었다.

아이린이 일부러 혼란을 크게 만들어서 최대한 자신의 위치를 높이기 위해 움직이고 있는 것을 재중도 알고 있었다.

거기다 화인의 흔적을 모두 지웠기에 아미파도 더 이상 재중을 의심할 수 없는 상황이다.

즉 삼합회가 마법을 사용해서 재중을 두바이로 불러들였다는 추측은 가장 가능성이 적었다.

―마스터, 어떻게 할까요?

테라도 재중의 생각을 알기에 지금 자신이 스페인에 있어봐야 그다지 할 일이 없음을 알고 재중에게 물었다.

'패밀리어와 혹시나 모르니 마법을 설치하고 돌아와.'

―네, 마스터.

라스푸틴이 아니라면 테라가 그곳에 있을 이유가 없었다.

하지만 그래도 잠재적인 위험인 라스푸틴이 스페인을, 아니, 죽은 알프레도 6세를 대신해 알리시아 공주를 이용할 수도 있다.

어느 정도 대비는 해놓아야 했다.

'이상하게 적이 많아.'

재중은 자신이 생각하던 지구의 생활과 점점 멀어지는 것 같은 느낌에 자신도 모르게 작게 한숨을 내쉬었다.

뭔가 미묘하게 꼬여간다고나 할까?

그저 조용히 연아가 시집가서 잘사는 모습을 보고 나서 자신은 은거할 생각이던 것인데 상황이 점점 계획에서 벗어나고 있었다.

물론 그런 결정도 모두 자신이 내리긴 했지만, 조금 짜증이 나는 것은 어쩔 수가 없었다.

그런데 한숨과 함께 두바이 경찰서를 나와 잠시 하늘을 쳐다보던 재중의 뇌리에 문득 한 사람이 떠올랐다.

아니, 한 존재가 떠올랐다.

"크레이언 올드 세이라."

현 지구에서 재중을 제외하면 유일한 드래곤인 그녀가

Chapter 04
그녀의 속셈

재중귀환록

—후후훗, 이제야 눈치챈 건가?

　그리고 기다렸다는 듯 재중의 뇌리에 크레이언 올드 세이라의 음성이 들려왔다.

　'역시 당신이었군요.'

　문득 떠오른 이름이었다.

　하지만 어쨌든 현재 재중이 알고 있는 존재 중 마법에 관해서는 확실히 그녀가 최고였다.

　다만 바로 그녀를 떠올리지 못한 데는 이유가 있다.

　드래곤은 각자의 생활에 대부분 간섭하지 않는다는 테라

의 말도 있었고, 사실 그동안 딱 한 번 마주한 것 빼고는 크레이언 올드 세이라가 재중 앞에 나타난 적이 없었다.

그러니 재중도 바로 그녀를 떠올리지 못한 것이다.

그런데 이런 소동을 벌인 이유도 황당했다.

—뭐, 그쪽은 내가 움직이기 멀어서 말이야.

'······.'

한마디로 자기가 움직이기 귀찮다는 이유로 재중을 불러들였다는 뜻이다.

그것도 SY미디어 직원을 체포하는 이상한 방법으로 말이다.

'그냥 저를 부르시지 굳이 이런 방법을 쓰셔야 했습니까?'

나이로는 아마 재중의 수백 배는 더 되었을 그녀이기에 재중도 공손히 물어보았다.

—후후훗, 재미있지 않아? 난 네가 언제 나의 존재를 눈치챌까 궁금했는데. 그래도 생각보다 빨리 눈치챘어.

'······.'

역시나 드래곤이었다.

일반적인 상식이 통하지 않는 존재, 오직 자기 자신의 기준으로 모든 것을 생각하고 움직이는 존재였다.

간단하게 말하면 개념이 없다고도 할 수 있었다.

물론 드래곤에게 대놓고 그런 말을 할 수 없겠지만 말이
다.

사실 재중은 자신이 크레이언 올드 세이라를 상대로 싸
워서 진다는 생각은 하지 않았다.

아무리 그녀가 오래된 고룡이라도 무력은 전혀 다른 문
제였다.

그리고 재중에게는 모든 마법을 무효화시켜 버리는 나노
오리하르콘이라는 필살기가 있었다.

즉 마법이 소용없는 상황에서 육체적인 무력만으로 따지
면 비록 그녀가 고룡이라 하더라도 재중도 그녀에게 전혀
꿀릴 게 없었다.

하지만 재중이 굳이 그녀와 싸워야 할까? 전혀 그럴 이유
가 없었다.

어차피 인간의 분쟁과는 거리가 먼 드래곤이다.

거기다 재중도 그녀에게 드래곤으로 인정받은 상황이니
일부러 적대할 필요는 없었다.

물론 지금처럼 이상한 장난을 치면 앞으로는 어떻게 될
지 모르겠지만 아직까지는 그냥 괜찮은 수준이었다.

'번거롭게 저를 부른 이유가 무엇입니까?'

뭐 어찌 되었든 자신을 부른 존재를 확인했으니 이유를
물었다.

—너, 나를 찾아와라. 어딘지는 굳이 말하지 않아도 알겠지?

재중은 크레이언 올드 세이라의 말이 끝나자마자 한곳에서 강렬한 존재감을 느낄 수가 있었다.

한마디로 지금 그 존재감을 쫓아 찾아오라는 것처럼 말이다.

'…알겠습니다.'

—빨리 오도록.

그러고는 재중의 뇌리에서 크레이언 올드 세이라의 흔적이 사라져 버렸다.

그녀의 흔적이 완전히 사라진 후 재중은 얼굴을 살짝 찡그렸다.

"왠지 느낌이 별로인데……."

그동안 재중을 찾지 않던 그녀가 갑자기 재중을 불렀다는 것.

물론 의아함이 가장 크지만 왠지 모르게 찜찜했다.

뭐랄까, 예감이랄까, 느낌이랄까? 그다지 좋은 의도로 부른 것 같지는 않았다.

그렇다고 가지 않을 수도 없었다.

그녀는 진정한 드래곤이기 이전에 재중 외에 유일한 드래곤이니 말이다.

거기다 묘하게 같은 드래곤이라는 동질감도 어느 정도 작용하기도 했다.

물론 적이 아니기에 가능한 일이다.

—마스터, 바로 가실 거예요?

이미 공간이동으로 넘어온 테라가 재중에게 슬쩍 물어보자,

"아니. 우선 일행을 살펴보고 가야겠지. 언제까지 오라는 말은 하지 않았잖아. 안 그래?"

—그야 그런데… 저렇게 존재감을 마구 뿌려대는 것을 보면 바로 찾아오라는 무언의 압박 아닐까요, 마스터?

테라는 드래곤의 지독히 자기중심적인 사고방식을 알기에 슬쩍 물어봤다.

하지만 자기중심적인 건 재중도 마찬가지였다.

"그러거나 말거나 자기가 바쁘지 내가 바쁜가?"

그러고는 아예 무시해 버리는 재중이었다.

뭐랄까, 이런 쓸데없는 짓을 해서 자신을 두바이까지 오게 한 대가를 치르게 하기 위한 건지 알 수는 없었다.

하지만 재중은 오란다고 바로 갈 생각은 애초부터 없었다.

크레이언 올드 세이라를 존중해 주는 것은 오로지 그녀가 고룡이라는 것 때문이다.

즉 연장자이기에 존중해 준 것뿐이다.

거기다 사실 드래곤이 드래곤에게 명령을 내릴 수 있는 권한은 그 어떤 드래곤에게도 없었다.

그러니 재중의 이런 고집도 어느 정도는 당연한 것이기도 했다.

드래곤의 수장으로 불리는 드래곤 로드조차도 다른 드래곤에게 부탁은 하지만 명령은 내리지 못했으니 말이다.

한편, 그런 재중의 모습을 지켜보는 눈동자가 있었다.

그것도 저 하늘 높은 곳에서 말이다.

"훗, 역시 드래곤이란 건가? 고집을 세우는 것을 보면 말이야."

크레이언 올드 세이라는 커다란 화면의 재중을 지켜보면서 입가에 미소를 지었다.

사실 그녀도 자신이 오란다고 재중이 바로 올 것이라고는 생각하지 않았다.

아니, 오히려 재중이 바로 왔다면 실망했을지도 모른다.

드래곤이 드래곤으로 있을 수 있는 것은 모두 그 독립적인 가치관과 드래곤만의 사고방식 때문이다.

그런데 크레이언 올드 세이라는 재중을 보면서 이상하게 눈빛이 반짝거렸다.

이상하게 말이다.

"제가 가서 모시고 올까요?"

크레이언 올드 세이라 옆에 가만히 서 있던 은발의 미녀가 조용히 물었다.

"아니야. 그냥 놔둬. 어차피 이렇게 지켜보고 있으니까 말이야. 그리고 드래곤은 자신이 한 약속은 반드시 지켜야 하니 결국은 오게 되어 있어. 그게 당장이든 아니든 말이야."

사실 크레이언 올드 세이라는 그동안 재중의 생활을 몰래 훔쳐보고 있었다.

물론 처음 시작은 그저 자신 외에 드래곤이 있다는 것, 그리고 그 드래곤이 드래곤의 족보에도 없는 이상한 드래곤이라는 것 때문이었다.

하지만 재중을 지켜보던 크레이언 올드 세이라는 이상한 것을 발견했다.

재중의 행동, 움직임, 그리고 모습이 인간과 너무나 흡사했다.

물론 드래곤으로 보이는 모습도 간혹 보이긴 했지만 확률로 보면 거의 70% 정도로 인간적인 모습이 더 많이 보였다.

그리고 그런 인간적인 모습이 자연스러워 보이기까지 했다.

그래서 그녀의 가디언을 시켜 알아보니 재중의 출생이 정상적인 인간인 것이다.

즉 재중은 크레이언 올드 세이라와 달리 지구에서 태어난 지구인이었다.

"재미있는 녀석이야. 지구인인데 드래곤이라니… 후후훗."

사실 어지간해서는 재중의 생활에 개입하고 싶은 생각이 없었던 크레이언 올드 세이라다.

하지만 재중의 과거를 알고 나자 호기심이 너무 생겨서 견딜 수가 없었다.

"재미있어. 지금까지 이런 재미있는 녀석은 처음이야. 대륙에서도 나를 이렇게 흥미 있게 만든 녀석은 없었는데, 후후훗."

그런데 이런 호기심 가득한 크레이언 올드 세이라의 눈빛을 보면 역시나 재중의 찝찝한 기분은 틀리지 않았을지도 몰랐다.

의미 모를 웃음과 함께 재중을 보는 그녀의 눈빛은 시간이 갈수록 더욱 반짝이고 있었다.

*　　　*　　　*

"고생했군요."

재중이 풀려난 SY 직원들을 향해 작게 한마디 했다.

"아닙니다. 대표님의 잘못도 아닌 것을……. 거기다 여기 책임자라는 사람이 직접 와서 사과까지 했으니 뭐 나름 기분도 풀렸습니다."

이태형 이사는 사실 처음 체포될 때만 해도 황당하고 기가 막혀서 당장 대사관에 전화를 걸고 어떻게든지 재중에게 이 사실을 알리려고 했다.

하지만 마치 누가 시키기라도 한 듯 두바이 경찰은 순식간에 SY미디어 직원들을 구속하더니 곧바로 경찰서에 집어넣어 버렸다.

물론 이태형 이사는 그 안에서도 대사관에 전화를 해달라고 난리도 치고 부탁도 했지만 돌아오는 것은 냉랭한 무관심뿐이었다.

사실 풀려나기만 하면 국제변호사를 동원해서라도 두바이 경찰을 상대로 소송도 불사하려고 한 이태형 이사였다.

하지만 뜻밖에도 경찰서의 책임자가 직접 와서 사과하자 의외로 마음이 쉽게 풀려 버렸다.

말 한마디에 천 냥 빚을 갚는다는 말도 있듯, 진심으로 사과하는 모습에 절로 화가 풀려 버린 것이다.

만약 이태형 이사가 소송을 했다면 아마 압둘라마는 지

금쯤 그 자리에서 물러나야 했을지도 모른다.

재중이 직접 나서지 않아도 두바이 왕가에서 압력을 넣었을 테니 말이다.

그나마 이렇게 좋게 해결되었기에 버티고 있는 것이다.

물론 또다시 이런 실수를 했다가는 국물도 없을 것이다.

"차는 돌려받았습니까?"

이태형 이사는 자유의 몸이 되자 재중이 회사 차로 쓰라고 준 슈퍼카 걱정이 들었는지 곧장 물었다.

"이쪽 경찰이 팜주메이라에 가져다놓았다고 했으니 그쪽에 있을 겁니다. 뭐 아니면 다시 와서 따지면 되죠."

"훙! 그렇죠. 당연한 말씀입니다."

재중의 말에 이태형 이사는 콧김을 내뿜으며 강하게 말하고 경찰서를 나섰다.

혹시라도 자신들의 슈퍼카에 흠집이라도 났으면 다시 뛰어들 기세였다.

"기다리고 있었습니다."

"정민호 씨?"

밖으로 나오자 재중은 자신들을 기다리는 커다란 차량 두 대와 함께 정민호를 발견할 수 있었다.

"아가씨께서 기다렸다가 모셔 오라고 하셨습니다. 그리고 SY미디어분들도 같이요."

정민호가 깍듯하게 재중에게 인사하면서 설명하는데, 뒤에 있던 이태형 이사가 슬쩍 앞으로 나오더니 정민호를 아는 척했다.

"어? 정 비서장님?"

정민호는 이태형 이사가 자신을 아는 척하자 자연스럽게 인사했다.

"오랜만에 뵙습니다, 이태형 이사님."

"하하하, 저도 오랜만에 뵙습니다. 독립하고부터는 통 뵐 기회가 없었는데 이렇게 다시 뵈니 반갑습니다."

"저도 반갑습니다. 그럼 이동하시죠."

깐깐한 느낌도 있지만 한편으로는 일을 맡기면 확실하게 처리할 것 같은 정민호의 모습에 재중은 조용히 뒤를 따랐다.

그런 재중을 따라 SY미디어 직원들도 모두 움직였다.

하지만 워낙 인원이 많다 보니 정민호가 끌고 온 차량에 사람이 가득 찼다.

그나마 재중은 대표이기에 편하게 왔지만 다른 사람들은 좁은 차 안에서 더위와 싸워야만 했다.

"아, 슈퍼카 몰면서 달리던 게 어제인데 오늘은 콩나물시루 같은 차라니."

"하, 그러게요."

그녀의 속셈 85

직원들은 어제만 해도 슈퍼카를 타고 신나게 여행 다니던 기억이 나는지 우는소리들을 했다.

그때를 생각하면 지금 상황이 확실히 힘들긴 했다.

그런 직원들에게 재중이 나직하게 말했다.

"내일부터 다시 슈퍼카로 여행하면 되니 조금만 참으세요."

"넷!"

"당연한 말씀입니다, 대표님!"

그랬다.

이제 내일이면 또 슈퍼카를 타고 다니면서 여행을 할 수 있었다.

거기다 여행이 끝나도 슈퍼카는 SY미디어 회사용으로 영원히 남을 것이다.

그걸 생각한 직원들의 입가에 웃음이 떠날 줄을 몰랐다.

물론 남자 직원이 대부분이지만 말이다.

그들은 과연 이게 얼마나 큰 이슈가 될지 궁금하기도 했다.

세계적으로 슈퍼카를 경찰차로 사용한 두바이 경찰이 큰 이슈가 된 적이 있었다.

그런데 지금 SY미디어는 그것보다 한술 더 떠서 엔터테인먼트 회사의 공용 차로 슈퍼카를 사용하는 상황이다.

아마 모르긴 몰라도 귀국하면 난리가 날 것이다.

최소 몇 억에서 몇 십억씩 하는 슈퍼카를 업무용으로 사용하는 회사라니 누가 상상이나 했겠는가?

아마 그 누구도 상상해 본 적이 없을 것이다.

그리고 역시나 연예기획사답게 이런 큰 이슈를 어떻게 사업에 이용할지 벌써부터 고민하는 사람도 있었다.

그런 식으로 떠올린 아이디어가 좋으면 그냥 횡재하는 셈이다.

재중의 경우 아이디어만 좋으면 무조건 우선 실행해 보는 편이다.

그게 설사 실패하더라도 말이다.

물론 이태형 이사는 돈을 쓰는 상황에 재중을 말려도 봤지만 재중은 단 한 마디로 일축해 버렸다.

"정말 실패했다고 남는 게 없을까요? 최소한 비슷하거나 이와 관련 있는 다른 프로젝트를 할 때 지금 잃은 돈 이상의 결과를 가져오면 지금은 투자했다고 생각하세요."

한마디로 실패도 경험으로 쌓으라는 재중의 말에 어쩔 수 없이 굴복한 것이다.

사실 회사 돈도 아니고 재중이 자기 돈 쓰겠다는데 말리는 것도 조금 이상하긴 했다.

물론 재중이 빅 핸드인 것을 알고 난 뒤에는 그런 잔소리
도 사라진 지 오래이다.

돈이라면 세계에서 알아주는 부자였으니 말이다.

Chapter 05
방송

재중귀환록

"아무 일 없는 거지?"

　팜주메이라의 빌라로 돌아온 재중과 SY미디어 직원들을 맞이한 것은 연아였다.

　연아는 가장 먼저 재중이 혹시나 그곳에서 무슨 일을 당하진 않았는지 걱정스런 마음으로 물었다.

　하지만 연아의 걱정스런 질문에도 재중은 그냥 웃었다.

　"웃지만 말고, 괜찮은 거지?"

　"응. 뭐 오해라고 했으니까."

　"나 참, 무슨 그런 말도 안 되는 오해를 해서 사람을 고생

시키는 건지 모르겠네."

연아는 SY미디어 직원들이 무사히 돌아온 것을 모두 확인하고 나서야 지금의 상황에 화가 난 표정으로 한소리 했다.

재중은 그런 연아의 어깨를 두드리면서 진정시켰다.

"괜찮아. 어차피 그쪽에서 사과했으니까."

"뭐 오빠가 괜찮다면 그렇긴 한데, 그냥 다른 곳으로 옮길까?"

"응?"

연아는 왠지 모래를 씹은 듯한 표정으로 잠시 생각하더니 말했다.

"이런 일 겪고도 여기서 논다는 건 좀 기분이 안 날 것 같아서."

오해라고는 하지만 확실히 체포까지 되는 경험을 하고 기분이 좋을 리 없었다.

결과적으로 재중이 와서 금방 해결되긴 했다.

하지만 여전히 SY미디어 직원들은 두바이 경찰차만 보면 깜짝깜짝 놀라는 표정을 숨기지 못했다.

"음, 하긴 그렇긴 하지."

한국도 아니고 말도 통하지 않는 외국에서 갑자기 체포되었다.

더구나 구치소 같은 곳에 하루 정도 구금되기도 했다.

그러다 보니 두바이가 화려하고 멋진 곳이긴 하지만 이번 경험이 아무래도 안 좋은 기억으로 자리 잡았다.

"그럼 어디로 가고 싶은데?"

어차피 두바이는 재중이 알리시아 공주와 만나기 위해 정한 장소였을 뿐이다.

딱히 개인적으로 좋아해서 정한 여행지가 아니었기에 연아에게 물었다.

"돌아가고 싶어. 한국으로."

"……?"

뜻밖의 말에 재중이 연아를 쳐다보자,

"그냥… 뭐랄까. 다 좋은데 마음이 편치 않다고 해야 할까?"

피식.

연아는 지금 자신이 하는 말이 재중의 배려에 어긋나는 것임을 알고 있었다.

그래도 할 말은 결국 다 하고 마는 것은 그녀의 성격을 그대로 보여주고 있다.

물론 재중이 친오빠이기에 가능한 일이다.

"뭐 나야 상관없는데 직원들이 좋아할지 의문이네."

재중이 SY미디어 직원들을 보며 말하자,

"아니, 난 그냥 나만 돌아가겠다는 거지 직원들 휴가까지 망칠 생각은 없어."

괜히 자신 때문에 SY미디어 직원들의 꿈같은 휴가를 망치기는 싫었는지 강하게 고개를 흔들면서 황급히 말했다.

하지만 의외로 뒤쪽에 있던 이태형 이사가 대화에 끼어들었다.

"음, 지금 끼어들기 좀 뭣하지만, 저희도 차라리 한국으로 돌아가 나머지 휴가를 즐겼으면 합니다, 대표님."

"……?"

재중은 이태형 이사가 하는 말에 진심이냐는 표정으로 쳐다보았다.

"그게… 대표님이 생각해 주신 것은 감사합니다. 하지만 이번에 갑작스럽게 체포되면서 저도 그렇지만 다른 직원들도 이미 들뜬 기분이 사라져 버렸습니다. 특히나 말 하나 통하지 않는 곳에서 완전히 무력한 감정을 느꼈다고나 할까요. 뭐, 흥이 나지 않는다고 해야겠죠."

사실 일반 사람이 외국에서 갑자기 체포되고 거기다 말도 통하지 않는 상태로 하루 정도 잡혀 있게 된다면 누구라도 정이 떨어지는 것은 당연했다.

아무리 관광의 천국, 중동의 꽃이라고 불리는 두바이라도 말이다.

반면 재중은 사람들의 마음을 이해하면서 지금 이런 사달을 만든 크레이언 올드 세이라의 장난이 조금 지나쳤다는 생각이 다시금 들었다.

재중은 이태형 이사의 말을 들으며 이번에 찾아가면 이것만큼은 반드시 따져야겠다고 다짐했다.

기분 전환도 하고 어느 정도 연아와 친밀감을 가지기 위해 시작한 여행이다.

물론 시작은 말이다.

이런저런 사건이 터지면서 어쩔 수 없이 SY미디어 직원 전원을 끌고 오긴 했지만 그래도 여행을 떠날 당시에는 기분 좋게 출발을 했었다.

그런데 그게 결과적으로 크레이언 올드 세이라의 일방적인 장난에 엉망이 되었다.

다만 100% 크레이언 올드 세이라의 책임만도 아니긴 했다.

스페인에서도 재중 혼자 바쁘게 다니면서 밖으로 나돌았으니 말이다.

그렇지만 그래도 왠지 크레이언 올드 세이라의 책임으로 생각되는 재중이다.

"그럼 모두의 의견이 같다는 말인가요?"

좀 당황스러울 만큼 갑작스럽긴 했다.

그러나 아무래도 미리 빌라에 와 있던 연아도 많이 생각해 보고 재중에게 말한 것처럼 보였다.

그리고 이태형 이사도 체포되어 있는 상황에서 직원들과 이야기를 많이 한 것 같았다.

"네."

"그럼 모두의 의견을 수렴해서 다시 제게 정식으로 보고해 주세요. 한국으로 가는 건 쉽지만 되돌아오는 건 한동안 힘들 테니까요."

"알겠습니다."

지금의 말은 이태형 이사 개인적인 생각이 강했다.

거기다 구금에서 풀려난 이후 마음이 바뀐 직원이 있을 수도 있다.

재중이 정식으로 다시 보고하라고 하자 이태형 이사가 직원들에게 다가가 뭔가 이야기를 서로 주고받더니 의외로 빨리 재중에게 되돌아왔다.

"모두 한국으로 돌아가고 싶다고 합니다, 대표님."

"음, 그래요?"

"하지만 대신……."

재중이 진지하게 받아들이자 이태형 이사는 돌아가는 대신 조건이 있다는 듯 말꼬리를 흘리면서 잠시 한 박자 쉬었다가 입을 열었다.

"한국으로 돌아가는 대신 휴가는 계속 유지되게 해달라고 합니다. 이왕이면 제주도나 우도 쪽으로 가서 맘 편하게 쉬고 싶다는 의견입니다."

"뭐 그건 별로 어려운 일이 아니군요."

어차피 길게 쉬려고 온 여행이다.

거기다 SY미디어 업무를 거의 올 스톱시킨 상태로 왔으니 휴가를 계속 누릴 수 있게 해달라는 요구는 특별히 부당할 것도 없다.

오히려 재중이 쉬라고 명령할 생각이었기에 문제는 전혀 없었다.

그런데 이태형 이사의 표정을 보면 그게 끝이 아닌 듯했다.

"그리고… 흠흠, 다음에 또 이런 여행을 꼭 다시 가게 해달라는 요구가 좀 많았습니다, 대표님."

씨익~

사실 이태형 이사의 입장을 보자면 재중에게 아부할 생각이라면 마지막 말은 묵살할 수도 있었다.

하지만 이태형 이사는 아부하는 대신에 직원들이 바라는 것을 재중에게 전달했다.

그 모습에 재중은 이태형 이사야말로 자신이 원하는 사람이라는 사실이 마음에 들어 고개를 끄덕였다.

재중이 원하는 사람은 자신에게 아부하는 아첨꾼이 아니다.

직원을 잘 다독이면서 믿을 수 있는 리더십을 가진 사람이다.

재중은 어차피 거의 출근조차 하지 않는 이름뿐인 대표이다.

물론 주식 100%를 가지고 있고 엄청난 자금력으로 SY미디어를 움직이고 있는 힘의 원천인 것도 맞다.

그러니 재중이 출근을 하지 않는다고 회사 장악력 등에 문제가 될 것은 없다.

하지만 재중이 자리를 비우는 만큼 대신 직원들을 안아줄 리더십이 강한 사람은 필수였다.

그리고 SY미디어에서는 지금 이태형 이사가 그런 역할을 해주고 있었다.

재중과 SY미디어 직원들 사이에서 중간 허리 역할을 하고 있으니 말이다.

어떤 기관이든 기업이든 사무실에서는 대리급 직원이 가장 중요한 허리이고, 기업 전체에서 보면 부장급이 허리이다.

그리고 단체 생활에서 중간에 조율하는 역할을 하는 사람은 무조건 필수이다.

그런 허리 역할을 하는 사람의 역량에 따라 기업이든 단체든 발전하거나 아니면 순식간에 무너질 수도 있으니 말이다.

그런 면에서는 이태형 이사는 직원들의 의견을 서슴없이 재중에게 말해주는 것만으로도 합격점이었다.

물론 그의 빠른 눈치로 재중이 무엇을 좋아하는지 알고서 대처한 이태형 이사의 능력 덕이기도 하다.

하지만 이태형 이사 정도면 눈치도 능력인 셈이다.

"그럼 준비하세요."

"넷~!"

재중은 어차피 연아도 싫다고 하는 상황에 SY미디어 직원들까지 싫다고 하니 더 이상 두바이에 머무를 이유가 없었다.

어차피 대충 정리하고 나서 크레이언 올드 세이라를 만나러 가야 하기도 했다.

*   *   *

"역시 맘 편한 게 최고네요."

"그러게. 호호호호."

"하지만 괜히 대표님께 부담이 되는 것은 아닐까요?"

한국으로 오자마자 바로 제주도로 넘어온 SY미디어 직원들이다.

그들은 이제야 얼굴에 웃음꽃이 활짝 핀 모습이었다.

확실히 두바이가 멋지고 화려하긴 했다.

그에 비하면 제주도는 분명 소박하긴 하다.

그러나 사람인 이상 마음이 편하다는 장점은 엄청난 메리트가 있다.

특히나 지금은 비수기라 그런지 사람도 적은 편이라 SY미디어 직원들의 발걸음은 가볍기만 했다.

"도착했대?"

"이사님, 도착했나요?"

"지금쯤이면 도착하지 않았을까요?"

그런데 활짝 웃던 직원들이 갑자기 이태형 이사에게 몰려가더니 무언가를 아주 애타게 기다리는 모습이다.

그것도 모든 직원과 베인티 멤버들까지 말이다.

"허허허, 이 사람들, 마음만 급해서는."

이태형 이사는 직원들이 무엇을 이렇게 기다리는지 잘 알고 있기에 어쩔 수 없다는 듯 전화를 꺼내 어딘가로 연락했다.

잠시 뒤, 짧게 통화를 마친 이태형 이사가 직원들을 향해 입을 열었다.

"한 시간 뒤면 도착한다는군요. 우선 이곳에서 기다릴까
요?"

"넷!!"

"당연하죠!!"

이미 제주도에 도착했는데 어찌 된 일인지 한 시간이나
더 공항에서 기다려야 한다는 말에도 반기는 분위기였다.

분명 불편할 상황임에도 불구하고 이태형 이사의 말에도
직원들은 흥분된 표정을 감추지 못하고 있었다.

하나같이 즐거운 웃음을 머금고서 말이다.

"쯧쯧, 저렇게 슈퍼카가 좋을까. 나중에 회사에서 그거
타고 업무 보려면 지겹도록 탈 텐데 말이야."

그렇다.

지금 SY미디어 직원들이 공항에서 한 시간이나 더 기다
려야 한다는 말에도 함박웃음을 지으면서 기다릴 수 있는
데는 이유가 있었다.

모두 지금 두바이에서 자신들보다 먼저 출발한 슈퍼카를
기다리고 있기 때문이었다.

한국으로의 복귀가 결정되자마자 이미 행선지는 제주도
로 정한 상태였다.

재중은 곧바로 천산그룹의 정민호를 통해서 자신의 슈퍼
카를 모두 비행기에 실어 제주도로 이동시키기로 했다.

그 결과 직원들이 짐을 싸서 나서기도 전에 슈퍼카는 이미 공항을 향해 출발한 상태였다.

하지만 화물기의 특성상 곧바로 제주도로 날아왔지만 여객기보다는 느릴 수밖에 없다.

그래서 인천을 거쳐서 온 직원들보다 한 시간이나 늦게 도착한 것이다.

물론 그나마도 화물기 하나를 통째로 전세 내서 슈퍼카를 모두 옮기는 데 써서 바로 제주도로 날아올 수 있었던 것이다. 다른 방식이었다면 아마 내일이 되어도 슈퍼카를 보는 것은 불가능했을 것이다.

"들어가서 잠시 쉽시다."

어차피 제주공항에서 기다리면 되기에 이태형 이사는 커피라도 한잔하면서 쉴 생각으로 안으로 들어갔다.

직원들은 이태형 이사를 따라 들어가 커피를 마시며 두바이에서는 잠시 손에서 놓았던, 아니, 마지막 날은 강제로 빼앗겼던 휴대폰을 꺼내서 각자 검색하기 시작했다.

벌떡!!

벌떡!!

그런데 스마트폰으로 검색을 시작한 지 불과 몇 분 되지도 않았는데 SY미디어 직원들이 갑자기 자리에서 벌떡 일어서더니 이태형 이사에게 몰려드는 것이 아닌가?

"이사님!"

"응? 왜 그러나, 자네들 모두?"

직원들이 놀란 토끼 눈을 하고 자신을 쳐다보면서 몰려든 상황이다.

느긋하게 창밖을 보고 있던 이태형 이사는 당황스런 표정으로 직원들을 마주 쳐다보았다.

"이거 보세요, 이거!!"

그는 직원이 내민 커다란 액정의 스마트폰을 보았다.

"쿨럭!"

직원이 내민 것을 본 이태형 이사는 너무나 놀라서 사레가 들려 버렸다.

"200억 달러면… 도대체 얼마야?"

"음, 잠시만."

직원들은 200억 달러를 인터넷으로 검색해 보고 다들 넋이 나간 표정이 되었다.

모두 입은 벌리고 있지만 소리 내 말하는 사람은 단 한 명도 없었다.

"…21조… 5천… 억 원 정도라는데?"

"쿨럭! 21조?"

사실 평범한 사람인 SY미디어 직원들로서는 평생 억 단위의 돈도 만져 보기 힘들다.

그런데 21조라니? 도저히 실감이 나지 않지만 믿지 않을 수도 없었다.

"크음, 이 정도일 줄이야."

사실 이태형 이사도 재중이 빅 핸드로 돈이 아주 많다는 말을 듣긴 했지만, 많다고 하니 많구나 하는 정도지 실제로 재중이 어느 정도의 재력을 가졌는지 실감해 본 적은 없었다.

물론 이번에 두바이 여행을 가게 되며 일반인의 상상을 뛰어넘는 수준이라는 건 알았지만, 아무리 그래도 설마 하니 200억 달러를 친구 결혼 부조금으로 줄 정도라고는 상상조차 해본 적이 없었던 것이다.

그리고 21조가 피부로 와 닿지 않는 직원들과 달리 나름 회사의 관리자 쪽 입장에서 억 단위 돈을 굴려본 경험이 있는 이태형 이사다.

그러다보니 그가 받은 충격은 일반 사원들이 느끼는 것과는 체감이 달랐다.

그와 동시에 200억 달러를 아무렇지도 않게 사용할 수 있는 재중의 자본력에 기가 막혔다.

놀란 것은 물론 그만이 아니었다.

200억 달러를 그냥 주는 배포에 이태형 이사뿐만이 아니라 SY미디어 직원 전원이 할 말을 잃어버린 상태였다.

"저희 대표님 맞죠?"

스페인 왕실에서 재중을 더욱 부각시키기 위해서 이미 사진을 퍼뜨린 상태였다.

그러니 당연히 인터넷 기사 곳곳에 재중의 사진이 올라와 있었다.

물론 SY미디어 직원들은 자신들이 모시는 대표님이 이 정도로 거물일 줄은 몰랐다.

그뿐만이 아니다.

이미 재중 때문에 스페인에서 한국 기업의 진출이 땅 짚고 헤엄치기 수준으로 바뀌었다는 기사가 눈만 돌리면 찾을 수 있을 정도로 많았다.

물론 각 기사에는 SY미디어에 대한 이야기도 빠짐없이 나와 있었다.

현재 재중이 한국에 가지고 있는 사업체로 유일한 곳이 SY미디어였으니 기자라면 금방 찾아낼 수 있었을 것이다.

원래부터 베인티와 함께 신승주로 돌풍을 일으킨 상태였기에 기자들의 관심이 집중되어 있기도 했다.

물론 덕분에 재중이 여행을 떠나기 전 있던 친선축구 때의 이슈는 순식간에 사라진 상태였다.

아니, 오히려 재중이 축구를 하지 않는다면서 나쁜 쪽으로 흘러가던 여론이 완전히 뒤집혀 있었다.

분명 두바이로 떠나기 직전만 해도 거의 매국노 수준으로 재중을 몰아치던 언론이었다.

그런데 재중 때문에 스페인과의 관계가 좋아지고 스페인에 있는 유학생과 관광객들이 칭찬 일색이자 순식간에 인터넷 가득 재중을 옹호하는 글이 넘쳐났다.

뭐 거짓말도 아니고 스페인에서 살고 있는 사람들이 직접 겪은 사실을 말하는 것이었다.

이건 딴지를 걸려고 해도 걸 방법이 없는 것이다.

거기다 방송국에서 실제로 스페인으로 바로 날아가 증거 영상까지 TV로 틀어주고 있었다.

그러다 보니 거의 한국에서 재중의 인기는 끝을 모르고 치솟고 있는 중이었다.

특히 20대에서 30대들 사이에서 재중은 거의 신화급 존재나 마찬가지였다.

고아에서 성공한 주식투자자로 변신한 것은 전례를 찾아볼 수는 있겠지만, 이 정도로 성공해서 세계적으로 유명한 적이 없었으니 말이다.

하지만 사람들이 재중을 이토록 칭송하는 데는 재중의 경제력만 있는 게 아니었다.

그것보다는 재중이 200억 달러를 스페인에 준 이유야말로 사람들의 심리를 자극했다.

친구를 위해서라는 명분, 이건 남녀노소를 떠나 모두에게 엄청난 감동을 주었다.

아무리 돈이 많아도 200억 달러를 친구를 위해서 준다는 것을 누가 상상이나 할 수 있겠는가?

전 세계 역사를 찾아봐도 전대미문의 사건이었다.

"으음."

하지만 이태형 이사는 기쁘면서도 한편으로는 걱정도 되었다.

지금은 휴가 중이기에 사업용으로 쓰던 휴대폰을 꺼놓은 상태였다.

두바이에서 체포될 때 꺼진 휴대폰을 그대로 가지고 제주도까지 날아왔다.

사실 쉴 때는 편하게 쉬고 싶다는 생각에 잠시 모른 척한 상태였다.

그런데 지금 재중이 초대형 사고를 치는 바람에 꺼져 있는 업무용 휴대폰을 켜기가 무서워진 이태형 이사였다.

"이사님, 지금 폰을 켜면… 엄청나겠죠?"

"아마도……."

직원의 말에 이태형 이사는 말없이 고개를 끄덕였다.

사실 당장에라도 이게 정말 진실인지 당사자인 재중에게 물어보고 싶었다.

하지만 지금 재중은 천서영과 캐롤라인, 그리고 연아와 함께 천산그룹에서 온 사람과 있기에 물어볼 수가 없었다.

물론 이미 사진까지 있는 마당에 믿지 않을 수도 없는 노릇이지만 말이다.

다만 연예기획사에 있다 보니 당사자의 말을 가장 신뢰하는 습관이 밴 이태형 이사였다.

우선 직접 물어보는 것이 순서라고 여긴 것이다.

"이곳에서 뭐 하세요?"

그리고 때마침 적절한 타이밍에 나타난 천서영은 그런 이태형 이사에게 구세주 같았다.

"역시나 사실이었군요."

거의 확신하고 있기는 했지만 확실히 천서영도 진실이라고 고개를 끄덕이는 모습에 그는 자신의 업무용 휴대폰을 조용히 가방 깊은 곳에 넣어버렸다.

휴가가 끝날 때까지는 절대로 꺼내지 않겠다는 다짐을 하면서 말이다.

사실 아무리 휴가라고 해도 이렇게까지 이태형 이사가 연락 오는 것을 꺼리는 것은 다소 이상하게 비칠 수도 있다.

더구나 그들의 회사야말로 정보에 빨라야 하는 연예기획사이지 않은가.

그것에는 이유가 있었다.

그들은 곧바로 제주도로 왔지만, 내일쯤 이태형 이사를 비롯해서 SY미디어 직원들의 직계 가족들도 제주도로 올 계획이었던 것이다.

한마디로 가족여행이 된 셈이다.

그동안 일하느라 소홀한 가족들에게 모처럼 얼굴을 세울 수 있는 기회가 아닌가?

거기다 모든 비용을 재중이 지불하는 공짜 여행이다.

어차피 재중에 대한 정보는 SY미디어 외에는 크게 얻을 수 있는 곳이 없기에 오히려 시간이 지날수록 사람들의 궁금증은 커질 것이다.

그런 궁금증이 절정에 달했을 때 터뜨리면 오히려 SY미디어에도 이득이 된다고 판단한 이태형 이사였다.

즉 국민을 상대로 밀당을 하기로 한 것이다.

거기다 천서영을 통해 들어보니 재중은 그런 것엔 신경도 쓰지 않고 있다면서 모든 것을 이태형 이사에게 넘겼다고 한다.

즉 재중의 정보에 관해서는 이태형 이사가 자신의 재량껏 얼마든지 이용할 수 있다는 뜻이다.

이미 비행기 안에서 베인티를 예능에 출연시키면서 인지도를 올릴 계획을 세우고 있었으니 잘된 셈이다.

이미 대외적으로 SY미디어 전체가 해외로 나갔다고 알려져 있는 것도 도움이 되었다.

즉 당장은 전화를 받지 않아도 큰 문제가 없기에 내린 결론이기도 했다.

하지만 인생이 원래 계획대로만 풀리면 참 좋을 테지만 대부분이 그렇지 않다는 게 문제였다.

"엇! 이태형 이사님?"

"헉!!"

하필 SY미디어 직원들이 있는 카페에 허름한 차림의 남자가 들어왔는데, 그 남자가 이태형 이사를 단번에 알아본 것이다.

그리고 그 남자를 본 이태형 이사도 소스라치게 놀라긴 마찬가지였다.

"박 PD님이 어쩐 일이십니까?"

웬만하면 방송 쪽 관계자를 만나기 싫은 타이밍에 딱 마주친 상황이다.

Chapter 06
방송 출연

재중귀환록

놀랄 법도 한데 순식간에 얼굴 표정을 정리한 이태형 이
사는 활짝 웃으면서 남자에게로 다가갔다.

  "해외로 가신 거 아니었습니까?"

  이미 SY미디어 전 직원이 해외로 촬영 차 나간 것으로 방
송가에 소문이 파다했었다.

  물론 박 PD 역시 그렇게 알고 있었기에 이태형 이사를
알아보고는 살짝 놀란 듯 물어왔다.

  "방금 제주도로 옮겼습니다."

  "아, 그럼 조금 전에 온 비행기에?"

박 PD가 자신들보다 30분 먼저 도착한 비행기가 있다는 것을 기억해 내고 물었다.

"네. 그런데 박 PD님은 어쩐 일이 십니까? 제주도까지?"

이태형 이사가 알기로 박 PD는 나름 방송 쪽에서 5년 정도 일한 적당한 경력을 가진 PD였다.

거기다 그가 알기로 스튜디오를 꾸미는 예능 프로를 이끌고 있는 메인 PD기도 하다.

스튜디오에 있을 사람이 먼 제주도까지 온 것이 의외여서 물어보자, 박 PD가 고개를 내저으며 대답했다.

"아, 아직 모르셨군요. 저 이번 주부터 2박 3일을 맡았습니다."

"오! 축하드립니다!"

2박 3일은 한국에서 다섯 손가락 안에 드는 장수 예능 프로로 엄청난 인기를 누렸다.

물론 지금은 중간에 사람들이 다 바뀌면서 심하게 삐걱거리고 있지만 말이다.

하지만 박 PD가 다시 2박 3일을 맡는다고 하자 이태형 이사는 거리낌 없이 축하를 보냈다.

물론 거기에는 모두 이유가 있었다.

본래 처음 2박 3일을 기획하고 이끌던 메인 PD의 제자나 마찬가지인 사람이 바로 박 PD였다.

그 사람이 다시 맡는다고 하니 이태형 이사로서도 기대가 될 수밖에 없었다.

이미 국민들도 2박 3일 메인 PD로 박 PD가 온다는 기사가 뜨자마자 기대감을 가졌을 정도이다.

물론 뚜껑을 열어봐야 알겠지만, 이미 이슈를 모았다는 점에서 반은 성공한 셈이다.

"음, 그런데……?"

박 PD는 이태형 이사와 인사를 하면서도 카페를 둘러보면서 누군가를 찾는 모습이다. 이에 이태형 이사는 살짝 헛기침을 했다.

"험."

"아, 혹시 SY미디어 대표님은 같이 오시지 않았습니까?"

역시나 염려한 대로 박 PD도 SY미디어를 확인하자마자 재중부터 찾았다.

뭐 방송 쪽 사람이다 보니 자연스러운 현상이긴 하지만, 이태형 이사에게는 별로 좋지 않은 타이밍이라는 게 문제였다.

"아, 지금은 잠시 다른 곳에 지인분과 함께 계십니다."

이미 재중이 SY미디어와 같이 떠난 것을 다 아는 마당에 없다고 해서 굳이 나쁜 인상을 심어줄 필요는 없다.

그보다는 슬쩍 재중이 다른 곳에 있다는 걸 비춰 방송 스케줄을 따라야 하는 박 PD가 얼른 떠나기만을 바랐다.

"하하하, 그런가요? 그럼 잠시 기다려도 되겠는지요?"

"바쁘지 않으십니까?"

이태형 이사는 예상외로 박 PD의 기다린다는 말에 당황하면서 물었다.

"아, 저희 방송 장비가 아직 오지 않아서 한두 시간쯤 여유가 있거든요. 거기다 출연자들도 다음 비행기로 오기로 해서 사실 별로 할 일이 없습니다."

"……."

이태형 이사는 순식간에 박 PD의 속셈을 알아차릴 수밖에 없었다.

현재 가장 이슈가 되는 인물이라면 바로 재중이다.

시청률 0.5% 정도 나오는 프로그램도 재중이 출연한다는 기사만 뜨면 순식간에 20%는 가볍게 찍을 만큼 재중의 인기는 최고였다.

지금 박 PD에게는 거의 로또에 당첨된 것이나 마찬가지인 상황이니 쉽게 물러날 이유가 없었다.

당연히 이태형 이사도 그 정도는 짐작할 수 있었다.

뭐 서로 속셈을 다 알지만 아무래도 방송 PD에 비하면 연예기획사가 밀리다보니 알면서도 어쩔 수 없는 경우가 많을 수밖에 없었다.

지금처럼 말이다.

"이런, 베인티도 있군요."

그러고는 혹시라도 이태형 이사가 다른 말이라도 할까봐 재빨리 베인티를 향해 환하게 웃으면서 다가간다.

그 모습을 보면 정말 박 PD가 제대로 배우긴 한 것 같았다.

기회를 잡을 줄 아는 것을 보면 말이다.

끼익~

그리고 이태형 이사가 어떻게 할 사이도 없이 천산그룹 관계자와 이야기를 마친 재중이 카페로 들어와 버렸다.

물론 이런 상황에 이태형 이사는 쓴웃음을 지었고, 박 PD는 첫사랑을 만난 듯 환하게 웃었다.

*   *   *

"그러니까 2박 3일이란 프로그램에 잠깐이라도 나와달라는 말이군요?"

"네, 이건 즉석 섭외입니다."

박 PD는 재중을 만나자마자 바로 친한 척 웃으면서 이태형 이사를 철저하게 막는 것과 동시에 재중에게 자신의 목적을 드러냈다.

바로 2박 3일에 출연해 달라는 것이다.

물론 재중은 뜬금없이 모르는 사람이 와서 친한 척하는 모습이 의아했다.

하지만 곧 이태형 이사에게 방송국 PD라는 말을 듣고서는 고개를 끄덕이며 자리를 만들었다.

"제가 무슨 도움이 되겠습니까?"

재중이 방송에 나가는 것을 그다지 내켜하지 않는 표정이자 박 PD는 그걸 정확하게 읽어내곤 조바심을 냈다.

재중은 재력 면에서는 확실히 국내에서는 견줄 자가 없을 만큼 엄청난 재력가였으니 말이다.

하지만 그는 또한 연예기획사의 대표였다.

즉 연예기획사의 특성을 어떻게든지 이용해서 재중을 출연시키도록 설득하는 것이나 다름없는 것이다.

박 PD자신도 지금 자신이 억지를 쓰고 있다는 것을 알고 있다.

다만 지금 박PD의 사정이 그만큼 다급하기에 두 눈 꼭 감고 그냥 찔러보는 셈이었다.

재중이 끝까지 거부한다면 어쩔 수 없지만, 만약 된다면 이건 최고의 패를 가지고 시작하는 셈이었으니 말이다.

"이런, 지금 대한민국을 들썩이게 만든 분께서 그런 말씀을 하시다니요. 이것을 보세요. 벌써 이틀째 실시간 검색어에 선우재중 씨 이름부터 S대는 물론 선우재중 씨와 관련된 검색어가 꽉 차 있는 상황입니다."

박 PD디는 자신의 스마트폰을 꺼내 바로 검색 사이트를 보여주었다.

제발 재중이 자신의 설득에 넘어와 주기를 바라면서 말이다.

정말 재중과 관련된 것은 모두 실시간 검색어에 올라와 있었다.

재중이 학교 축제 때 팔씨름을 하던 영상까지 인터넷에 떠돌고 있었다.

돈 많고 친구를 위해서라면 얼마의 돈이라도 줄 수 있는 남자, 거기다 잘생기기까지 했다.

그리고 고아이다.

나이가 좀 많은 것이 걸리지만 사진을 보면 20대 초반이라고 해도 믿을 만큼 엄청난 동안이었다.

당연히 인기가 많을 수밖에 없었다.

사실 박 PD도 재중을 보고는 정말 재중이 30대가 맞는지 의심했다.

"이런, 이러려고 한 게 아닌데……."

재중은 설마 이 정도로 이슈가 될 것이라고는 예상하지 못했다.

바다 건너 스페인이기에 막연히 소식이 느릴 거라 생각
했다.

하지만 재중의 예상을 벗어난 것이 있었으니 바로 스페
인 왕실에서 대대적으로 재중을 선전한 부분이다.

때문에 각국의 정보부에서 바로 눈치를 챘고, 당연히 한
국도 움직일 수밖에 없었던 것이다.

재중은 친구를 위해서 줬다고 하지만, 결과적으로 스페
인과 한국의 관계에도 많은 도움이 되었다.

그러다 보니 언론에서도 대대적으로 이슈화시켜 버렸고
말이다.

이런 특종을 놓치면 기자가 아니라는 듯 모두가 나서서
앞다퉈 보도했다.

"재중 씨가 출연하신다면 제가 동기들을 모두 설득해서
라도 베인티를 적극 도와드리겠습니다."

"……."

사실 박 PD도 알고 있었다.

재중의 영향력이 얼마나 큰지 말이다.

단편적으로 지금 재중의 곁에 있는 천서영만 해도 천산
그룹 천 회장의 손녀이다.

이미 S대를 취재하면서 천서영이 재중을 향해 일편단심
해바라기인 것이 드러났고, 전 국민이 다 아는 사실이 되어

버렸다.

S대에 다니는 사람들은 이미 모두가 알고 있는 이야기였으니 말이다.

그리고 천 회장과 재중이 친하다는 것 또한 이미 알 만한 사람은 다 아는 이야기였다.

즉 여기서 그가 PD라는 이유로 재중에게 갑질을 하는 순간, 재중이 나서지 않아도 천산그룹에서 압력이 들어올 것이 뻔했다.

그러다 보니 최대한 밀어주겠다는 식으로 재중의 환심을 사려고 노력하는 것이다.

반면 재중은 박 PD의 말을 들으면서 잠시 생각 중이다.

'음, 괜찮은 건가?'

―제가 보기에는 나쁘지 않을 것 같은데요, 어차피 마스터는 놀고 있으시잖아요, 거기다 얼마 전에 베인티를 예능에 내보내게 명령하신 것도 마스터세요.

'뭐, 그렇긴 하지.'

현재 SY미디어는 베인티 하나이다.

연기자가 있는 것도 아니고 연습생밖에 없는 상황이다.

그리고 자신이 내린 명령도 있었기에 잠시 생각해 본 재중은 출연을 결정하는 쪽으로 많이 기울기 시작했다.

대표인 자신이 어떻게든지 베인티를 예능에 출연시키도

록 명령해 놓고 이런 기회를 포기한다면 면목도 안 서니 말이다.

물론 재중의 얼굴이 팔린다는 단점이 있지만, 이미 인터넷에 사진이 떠돌고 있는 상황이다.

"……."

박 PD는 재중이 고민하고 있다는 것을 느꼈는지 잠시 입을 다물고 재중의 눈치를 살피는 중이다.

어떻게든지 이번에 맡은 2박 3일 프로그램을 성공시켜야만 하는 간절함이 진심으로 묻어나는 눈빛으로 말이다.

"제가 예능에 맞는 성격도 아닌데……."

반짝!

재중이 말끝을 흐리며 하는 말에 거절이 아니라는 것을 느낀 박 PD다.

그는 곧바로 재중을 설득하기 시작했다.

"예능감이 없는 것과는 상관없습니다. 이미 몇 년 동안 예능에서 실력을 인정받은 출연자들이 보조를 할 테니까요. 그리고 베인티도 합류시켜서 짝을 맞춰 미션을 하면 더욱 사람들에게 인지도가 올라가지 않겠습니까?"

SY미디어의 유일한 걸그룹인 베인티를 연결해서라도 재중의 마음을 움직여 보려는 박 PD의 노력이 정말 눈물겨울 지경이다.

"이태형 이사님은 어떻게 생각하시나요?"

재중은 사실 방송 쪽으론 전혀 모르는 사람이다.

박 PD가 설득하고 있지만 그는 어차피 자신에게 이득인 방향으로 설명할 것이 뻔하다.

문외한인 재중이 전문가인 박 PD를 당해낼 수는 없다.

또 애초에 재중은 모르는 분야는 아는 사람에게 물어보는 것이 당연하다는 생각을 갖고 있다.

그래서 자연스럽게 곁에 있는 이태형 이사에게 물은 것이다.

"음, 사실 박 PD님의 말대로라면 저희에게 좋으면 좋지 절대로 나쁠 일은 없습니다."

역시나 소신껏 사실대로 대답하는 이태형 이사였다.

씨익~

이태형 이사의 말에 함박웃음을 짓는 박 PD다.

그리고 재중도 이태형 이사의 말에 고개를 끄덕였다.

"그럼 피해가 되지 않는다면… 합류하죠."

벌떡!

"감사합니다! 정말 감사합니다, 선우재중 씨!"

박 PD는 재중이 허락하자마자 곧바로 보조 PD를 불러서 출연 계약서에 사인을 하게 하고 베인티까지 출연 계약서를 썼다.

혹시라도 재중의 마음이 바뀔지도 모르니 아예 미리 준비하고 있었다는 듯 일사천리였다.

　얼떨결에 2박 3일에 출연하게 된 베인티는 뒤늦게 부랴부랴 화장을 하느라 난리를 피웠다.

　즐기면서 휴가를 보내는 것보다 방송에 출연하는 데 더욱 즐거운 눈빛을 보이는 베인티의 모습에 재중도 흐뭇했다.

Chapter 07
돈질의 클래스

재중귀환록

"서둘러!!"

"빨리! 매니저 어디 있어?"

갑작스런 베인티의 2박 3일 출연에 정작 바쁘게 된 것은 SY미디어 직원들이었다.

그래도 방송이니 실수하지 않기 위해서 빠르게 움직이면 서 케어해야 했다.

물론 재중에게도 코디들이 다가왔지만 캐롤라인이 막아 섰다.

"이건 내가 전문이지."

파리에서 유명한 모델로 활동하고 있는 캐롤라인에게는
지금이 기회였다.

옷 입는 것 하나만큼은 현재 이곳에 있는 그 누구보다 세
계적인 안목을 가지고 있는 그녀였으니 말이다.

"저예요. 지금 제주공항인데 제가 말하는 옷 준비해서 바
로 가져와 주실 수 있나요?"

재중의 코디를 자처한 캐롤라인은 잠시 재중을 살펴보더
니 곧바로 어딘가로 전화를 걸어 이해하기 힘든 전문적인
용어를 마구 쓰면서 주문했다.

"한 30분 걸린다네요. 다행히 이곳 제주도에 제가 아는
매장이 있어서 그쪽에서 바로 옷을 가져온다니까 기다려
요."

확실히 세계적인 모델은 모델이었다.

제주도에까지 매장을 가지고 있는 브랜드에 전화 한 통
화로 옷을 가져오게 하는 것을 보면 말이다.

반면 박 PD도 난리가 났다.

우선 무식하게 재중에게 대시는 했지만 정작 재중이 승
낙하자 모든 미션부터 스케줄을 모조리 갈아엎어야 했던
것이다.

뒤늦게 도착한 출연자들도 모든 계획이 바뀌었다는 말에
난감한 표정을 지었지만, 재중이 출연한다는 말에 표정이

확 바뀌었다.

사실 연예인이라고 하지만 결국 그들도 사람이다.

그러다 보니 현재 대한민국을 들썩이고 있는 재중의 등장은 확실히 호기심을 자극하기에 충분했다.

그뿐인가.

재중만이 아니라 베인티까지 2박 3일 동안 모든 스케줄에 합류한다고 하자 출연자들은 쌍수를 들어 환영했다.

고정 출연자가 모두 남자다 보니 박 PD도 이 문제는 큰 걱정을 하지 않았다.

어떤 남자가 미녀를 거절하겠는가? 그것도 2박 3일 동안 스케줄을 같이한다는데 말이다.

그렇게 갑작스런 방송 일정이 바뀌는 등 난리가 나는 와중에 오프닝이 시작되었다.

그리고 재중과 베인티가 깜짝 게스트로 등장하는 신을 막 촬영 마쳤을 때였다.

기다리던 재중의 슈퍼카가 제주공항에 도착했다는 소식이 들려온 것이 말이다.

"허억!!"

"부가티… 베이론까지!!"

"대박!!"

때 아니게 제주공항 앞에 슈퍼카 전시회가 열려 버렸다.

재중이 두바이에서 가져온 슈퍼카에 테라가 가지고 있는 나머지 슈퍼카까지 모조리 꺼내 버렸으니 말이다.

무려 열다섯 대였다.

어마어마한 가격을 자랑하는 슈퍼카들이 제주공항 앞에 줄을 서 있으니 사람들의 시선이 모이는 것은 당연했다.

일반 시민들만 그런 게 아니었다.

나름 한국에서 알아준다는 2박 3일 출연자들도 차를 보고는 휴대폰으로 사진을 찍느라 정신이 없었다.

더구나 이 슈퍼카가 SY미디어 회사 차로 사용될 거라고 하자 박 PD와 2박 3일 출연자들은 한동안 정신을 차리지 못했다.

"아니… 이걸… 정말 회사용으로 쓰실 겁니까?"

이미 카메라가 돌고 있다 보니 모든 진행은 고정 출연자들이 이끌고 있었다.

하지만 프로그램 자체가 대본이 없이 진행하다 보니 지금처럼 당황하거나 황당한 경우에는 임기응변이 중요했다.

그 증거로 다른 고정 출연자들은 모두 정신없이 슈퍼카를 찍느라 정신없지만, 2박 3일의 대들보 역할을 하는 김호동은 순식간에 분위기 파악을 하고는 프로그램을 진행하고 있었다.

"네."

"하지만 이 차 한 대 값만 해도 어마어마할 텐데요."

김호동이 진심으로 이걸 회사용으로 쓸 건지 물어오자 재중은 별거 아니라는 듯 대답했다.

"제가 열다섯 대 모두 끌고 다닐 수는 없지 않습니까? 어차피 다 쓰지도 못할 거 회사용으로 직원들이라도 써야죠. 자동차는 누가 타고 다녀야 의미가 있으니까요."

김호동은 재중의 말에 완전 차원이 다른 배포를 느낄 수가 있었다.

이건 사고방식이 완전 달랐다.

차를 가격 중심으로 생각하는 보통 사람들과 달리 재중은 그저 자동차는 누구라도 타고 다녀야 한다는 생각이었다.

그리고 김호동은 그런 재중의 태도를 느끼곤 많은 것을 배웠다는 표정이다.

"대단하십니다. 그럼 저 부가티 베이론도 회사 차입니까?"

가장 앞에 있는 초고가의 부가티 베이론을 보고 김호동이 묻자 이번에는 재중이 고개를 저었다.

"저건 제 겁니다. 저도 타고 다닐 거 하나는 있어야죠."

"하하하하하하! 그렇군요. 재중 씨도 타고 다닐 것이 있어야죠. 하하하하! 제가 그걸 몰랐군요."

순식간에 분위기를 부드럽게 만들면서 커다란 웃음으로 다른 고정 출연자들까지 정신 차리게 하는 센스를 보여준다.

김호동을 보며 재중도 느끼는 바가 있었다.

'확실히 유명한 연예인은 뭐가 달라도 다르군.'

한 끗 차이라고 해야 할까?

보통 명품과 명품이 아닌 것의 차이는 실제로는 작은 차이라고 말한다.

재중도 지금 김호동을 보면서 조금은 강한 면도 있지만 진행 분위기를 쥐고 움직이는 센스 하나만큼은 확실히 대단하다고 느낄 수가 있었다.

그런데 여기서 끝이 아니었다.

재중의 슈퍼카들이 등장하면서 또다시 방송 스케줄이 바뀌어 버렸다.

*   *   *

"그러니까 제 슈퍼카를 이용해서 미션을 하시겠다는 거군요?"

"네."

박 PD는 재중의 슈퍼카를 보는 순간 이 차를 타고 미션을 한다면 굉장할 것이라고 생각한 것이다.

특히나 이건 예산을 쓸 필요도 없었다.

재중이 허락만 하면 잠깐 사용하고 다시 돌려주면 되는 상황이다.

이런 기회를 욕심내지 않는다면 방송 PD로서 자격이 없을지도 몰랐다.

협찬이 아니기에 슈퍼카의 로고는 가리겠지만 사실 차 모양만 봐도 알 만한 사람은 다 아는 유명한 차다.

김호동에게 언질을 줘서 이 슈퍼카 모두 SY미디어 회사용이라는 사실까지 방송에 내보낼 생각이었다.

그 정도면 나름 대가는 충분히 치른 셈이기에 재중을 설득하기 시작한 것이다.

"뭐, 저야 상관없습니다."

"감사합니다."

사실 직원들이 휴가 중에 쓰려면 열다섯 대도 살짝 모자라긴 했다.

하지만 방송에 잠깐 출연하는 것으로 불편할 정도는 아니었다.

더구나 SY미디어 직원 중에 방송 촬영 중에 필요한 인원을 빼고는 모두 이미 숙소로 보낸 상태여서 당장 차들이 다 필요한 것도 아니었다.

딸각~

"우와! 장난 아니다!"

방송 출연이 결정된 슈퍼카들은 순식간에 출연자들의 선택에 따라 즉석에서 정해졌다.

그리고 곧 출연자들은 미션에 따라 움직이기 시작했다.

사실 재중은 딱히 할 게 없었다.

이야기하면 받아주고 적당히 웃어주면 되었다.

재중으로서는 굳이 주목받을 이유가 없기도 했지만, 베인티에게 분량을 몰아주려는 의도도 어느 정도 있었다.

그리고 그런 재중의 의도가 통했는지 베인티 멤버들은 물 만난 물고기처럼 순식간에 방송에 적응하는 모습을 보여줬다.

과거 스튜디오 예능에서의 미숙한 모습으로 예능은 사실상 포기했다는 말을 듣던 베인티와는 완전히 달랐다.

박 PD가 베인티를 보며 말했다.

"베인티는 야외 예능에 최적화된 멤버군요."

걱정하던 표정이 사라지고 아주 만족한 표정을 지어 보인다.

* * *

재중과 베인티의 2박 3일 촬영은 인터넷상에서도 단번에 화제를 이끌어냈다

"와, 저게 SY미디어 회사용 차래!"

"미친. 저걸 누가? 말도 안 돼!"

"이걸 봐라. 지금 2박 3일 촬영장인데 내가 직접 들었다 니까. 다음 주 방송에 나온다는데?"

"헐! 초대박 사건이다!"

제주도의 2박 3일 촬영 현장에 있던 시민들이 폰으로 찍은 사진과 영상을 인터넷에 올리기 시작하면서 재중의 인기에 부채질을 했다.

수억 원에서 수십억 원을 하는 슈퍼카를 회사 공용으로 사용한다는 것은 세상 누구도 생각하지 못한 일이었으니 말이다.

거기다 저게 진짜다, 아니다 하는 논란도 거세게 일어났다.

물론 방송이 나가자마자 그런 논란은 금방 사라졌지만 말이다.

방송국과 언론에서 SY미디어를 향해 전화가 빗발친 것은 당연했다.

물론 그중에 성공한 사람은 아주 극소수였다.

그리고 방송으로 커다란 이슈가 되면서 웃지 못할 상황

도 벌어졌다.

SY미디어를 방문하는 사람들이 정말 슈퍼카를 회사용으로 쓰는지 알고 싶어서 주차장으로 먼저 가는 것이다.

그런 상황이 반복되다 보니 결국 나중에 이태형 이사가 대대적으로 공사를 해서 아예 건물로 들어오는 입구를 주차장을 거치도록 개조해 버렸다.

입구가 이상하게 돌아가는 모양이 되긴 했지만, 오히려 방문하는 사람들은 눈치 볼 것 없이 슈퍼카를 확인할 수 있어서 만족해했다.

더욱이 슈퍼카 하면 가장 먼저 떠오르는 곳이 SY미디어가 될 만큼 엄청난 각인 효과까지 생겼다.

방송국이나 잡지사에서 촬영 때문에 슈퍼카가 필요하면 가장 먼저 찾는 곳이 SY미디어라는 것은 공공연한 비밀이 되어버렸다.

무려 열다섯 대의 종류가 다른 슈퍼카가 모두 구비되어 있는 곳은 대한민국에서 SY미디어가 유일했다.

단 부가티 베이론은 재중의 개인용이라 제외되었다.

농담 반 진담 반으로 SY미디어의 슈퍼카 유지비는 차가 스스로 벌고 있다는 말이 나올 정도로 대여 요청이 많았다.

물론 슈퍼카의 이슈를 그대로 이용해서 베인티는 물론 SY미디어라는 이름을 전면에 걸고 연예계에 영향력을 넓히는 것은 당연한 순서였다.

어차피 재중이 버티고 있는 한 SY미디어를 건드릴 곳은
없지만 말이다.

이미 천산그룹 하나만으로도 방송국이 편의를 봐줄 정도
였다.

물론 이 모든 것은 나중에 일어날 일이긴 했다.

Chapter 08
크레이언 올드 세이라

재중귀환록

"멀리도 사네."

갑작스런 2박 3일 출연 때문에 며칠 동안 바쁘게 움직이긴 했지만, 이태형 이사가 발 벗고 나서서 움직인 덕분에 무사히 촬영이 끝났다.

그 뒤 재중은 직원들이 휴가를 계속 보낼 수 있게 아예 우도로 휴가지를 바꿔 버렸다.

그리고 난 다음에야 여유가 생긴 재중이 뒤늦게 크레이언 올드 세이라를 찾아서 움직였다.

막연히 기운을 쫓아서 오라는 말만 했기 때문에 재중은

그녀를 찾아가기 위해서는 귀찮지만 스스로 움직일 수밖에 없었다.

물론 공간이동으로 최대한 목적지와 가까운 곳까지 이동했지만, 그 이후로는 어쩔 수 없이 날아서 이동하는 중이다.

그런데 어째 가면 갈수록 보이는 것은 망망대해였고, 섬 하나 찾아보기 힘든 태평양 한가운데를 가는 느낌이 들었다.

재중이 정말 이 길이 맞냐고 묻자 테라가 그렇다고 대답했다.

─거의 맞다고 해야겠죠. 하지만 조금 더 아래쪽으로 내려가야 할 것 같아요.

"멀리도 사는구먼."

보통 드래곤이면 산이나 동굴에 살 거라고 생각하던 재중의 예상을 보기 좋게 깨뜨려 버린 크레이언 올드 세이라였다.

아무리 섬이 크다고 해도 일반적인 생각을 벗어날 만큼 큰 섬이 있다면 지금까지 사람들이 모를 리가 없었다.

테라도 현재 재중이 가는 곳이 지도상에 존재하지 않는 곳이라고 했다.

즉 드래곤이 섬에 살고 있다는 결론이 나온다.

─그런데 지구 같은 통신이나 과학이 발달한 환경이면 오히려 산맥 같은, 언젠가 인간이 올지도 모르는 곳보다는 지도에 존재하지 않는 섬이 더욱 편안할 수도 있어요, 마스터.

"하긴 그렇겠군."

드래곤은 대부분 귀찮은 것을 싫어한다.

재중도 그런 면에서는 확실히 드래곤과 비슷했다.

다만 아무래도 인간으로서 살던 환경이 아직까지는 몸에 더 익숙하기에 별문제 없이 살고 있는지도 몰랐다.

더구나 재중에게는 연아라는 연결고리가 있다.

재중도 연아라는 연결고리가 없었다면 아마 지구로 돌아오지 않았거나 설혹 돌아왔더라도 크레이언 올드 세이라처럼 인간이 찾지 못하는 곳을 찾아서 은거해 버렸을지도 모른다.

그렇기에 테라의 말을 이해하는 것이다.

물론 찾아가는 입장이 된 지금으로써는 상당히 귀찮지만 말이다.

"……?"

얼마나 망망대해를 날아가고 있었을까?

문득 맞은편에서 빠르게 무언가가 다가오는 것을 느낀 재중이 슬쩍 속도를 줄였다.

─마스터, 마중 나온 것 같은데요?

"마중?"

─네. 지금 다가오는 존재가 깡통이랑 느낌이 비슷하거든요.

재중은 테라가 말한 깡통이 흑기병이라는 것을 알기에 바로 이해했다.

드래곤이라면 대부분 가지고 있는 존재, 즉 가디언이라는 뜻이다.

아마 그녀의 가디언이 재중을 마중 나온 듯했다.

하지만 눈으로 확인하기 전까지 방심은 금물이었다.

현재 재중에게 크레이언 올드 세이라는 적도 아니지만 아군도 아니었다.

즉 언제든지 적으로 바뀔 수도 있다는 뜻이다.

워낙에 가진 힘이 대단한 고룡이기에 어쩌면 지금의 상태가 재중에게는 가장 좋았다.

적도 아니고 아군도 아닌, 그저 방관자로 있으니 말이다.

물론 그런 그녀와의 관계도 이번 만남으로 인해 어떻게 바뀔지, 재중도 크레이언 올드 세이라도 모를 일이다.

"인사드립니다. 크레이언 올드 세이라 님을 모시고 있는 가디언 세프입니다."

제법 능력이 강한지 재중이 기척을 느낀 지 불과 몇 분

만에 재중의 앞에 모습을 드러낸 가디언이었다.

크레이언 올드 세이라의 가디언은 여성이었다.

그것도 길거리를 걸으면 누구라도 시선을 돌릴 법한 굉장한 미녀 가디언의 모습에 재중은 의외라는 듯 쳐다보았다.

"혹시 궁금한 거라도 있으십니까?"

재중의 표정을 본 세프가 물었다.

"조금 뜻밖이군요. 드래곤의 가디언은 전투력 위주인 줄 알았거든요."

재중은 자신이 알고 있는 가디언의 모습과 달라 솔직하게 물어보았다.

"저는 보좌 역할을 하고 있을 뿐입니다. 실질적은 무력은 다른 가디언이 담당하고 있습니다."

"아, 그렇군요."

재중도 가디언이 테라와 흑기병 둘이니 크레이언 올드 세이라도 가디언이 하나일 리가 없었다.

"제가 안내하겠습니다. 마법 결계로 찾을 수 없도록 되어 있어서 바로 공간이동으로 가겠습니다."

재중은 세프의 말에 조용히 고개를 끄덕였다.

아무리 사람이 찾지 않는 섬이라고 해도 드래곤의 레어이니 마법적인 결계는 기본 중의 기본이다.

펄럭!

슈아악!

재중의 허락이 떨어지자 세프는 바로 양팔을 강하게 펼치더니 조용히 룬어를 중얼거렸다.

그러자 허공에 커다란 마법진이 나타났다.

슛!

그러고는 마법진이 번쩍이는 순간, 순식간에 세프와 재중의 모습이 사라져 버렸다.

마치 허공에서 지워진 것처럼 말이다.

*   *   *

"의외군요."

사실 재중은 드래곤이 사는 레어라길래 동굴 깊은 곳을 연상했었다.

드래곤이라면 그런 곳에서 웅크리고 앉아 세월아 네월아 하고 있을 거라고 생각했던 것과 달리 재중이 도착한 곳은 섬이었다.

하지만 섬의 모양이 의외였다.

마치 잘 만들어진 휴양지 같다고나 할까?

수영장까지 갖춰진 커다란 저택이 있고, 해변에는 비치

의자가 있으며, 그 뒤로는 섬과 어울리지 않을 만큼 커다란
산이 솟아 있었다.

뭐랄까? 해외 휴양지를 소개할 때 팸플릿 첫 장을 장식할
만큼 잘 다듬어진 모습이다.

그 모습에 재중이 고개를 갸웃거리자,

"대륙과 지구는 다른 곳이니까요."

셰프가 간단하게 대답했다.

그 한마디는 재중이 어느 정도 크레이언 올드 세이라의
성격을 파악하는 데 도움이 되었다.

최소한 꽉 막힌 답답한 성격은 아니라는 것이 재중의 눈
에 보이는 모습으로 증명되었으니 말이다.

상황과 환경에 순응하면서 적당히 타협할 줄 아는 성격
으로 보였다.

그리고 드래곤에게 그런 성격은 놀라운 것이기도 했다.

재중도 드래곤으로서의 성격이 드러날 때면 타협은커녕
빈틈을 보이지 않는다.

그에 비하면 지금 크레이언 올드 세이라의 모습은 엄청
난 적응력인 셈이다.

* * *

"오~ 이제 오나?"

세프의 안내를 따라 이동하길 잠시, 해변 비치파라솔 아래에 비키니 차림으로 선글라스까지 끼고 앉아 있던 크레이언 올드 세이라가 재중을 향해 손을 흔들었다.

그 모습이 너무나 낯설지만 재중은 굳이 내색하지 않았다.

누가 뭐래도 그녀의 본질은 드래곤이다.

대륙의 중간계 조율자이자 신이 만든 최강의 존재였으니 그런 존재에게 방심은 어떤 결과를 만들어낼지 그 누구도 예측할 수가 없다.

"어쩐 일로 부르셨습니까?"

재중은 크레이언 올드 세이라를 보자마자 무뚝뚝한 음성으로 본론을 꺼내 들었다.

"후후후훗, 아무튼 재미있는 성격이야. 뭐 이럴 거라 예상은 했지만 말이야."

마치 자신을 잘 알고 있는 듯한 그녀의 말에 재중은 미간을 살짝 찌푸렸다.

"그렇게 노골적으로 기분 나빠하지 말아줘. 지구에 나 외에 드래곤이라고는 유일하니 궁금한 건 어쩔 수 없으니까 말이야."

"……"

한마디로 지금까지 노골적으로 지켜봤다는 말이다.

그래 봐야 재중은 그저 살짝 기분이 나쁠 뿐 딱히 그걸 가지고 뭐라 할 생각은 없었다.

충분히 이해할 수 있는 일이다.

"그보다 너, 도대체 누구야?"

"……?"

뜬금없는 질문에 재중은 고개를 갸웃거렸다.

"알아보니 넌 인간이더군. 아니, 정확하게 인간이던 적이 있던데 말이야."

재중은 그제야 그녀가 묻는 말이 뭘 뜻하는지 알 수 있었다.

"네, 인간이던 적이 있습니다. 물론 과거지만……."

재중이 슬쩍 말꼬리를 흐리자,

"그럼 어떻게 드래곤이 된 거지? 인간이 드래곤이 되는 것은 불가능할 텐데?"

그랬다.

크레이언 올드 세이라가 재중을 굳이 불러들여서까지 물어보는 것은 바로 이것 때문이었다.

인간이 드래곤이 되었다.

하지만 그건 그녀의 추측일 뿐이다.

지구의 기록과 모든 것을 알아본 결과 재중이 본래는 인간이라는 명확한 증거를 찾아낸 크레이언 올드 세이라지만 명확한 증거를 앞에 두고서도 고개를 갸웃거릴 수밖에 없었다.

인간이 어느 순간 갑자기 드래곤이 되어 나타났으니 말이다.

거기다 이상하게도 재중이 다시 모습을 드러내기 전 10년 동안의 흔적이 깨끗하게 지워져 있었다.

지구에 드래곤이라고는 단둘뿐인데 당연히 그녀로서도 궁금하지 않겠는가?

처음에는 그저 호기심으로 재중에 대해서 알아보기 시작했던 일이다.

하지만 이게 알면 알수록 도무지 알 수 없는 것만 튀어나오자 결국 궁금함을 참지 못하고 재중을 찾은 것이다.

제법 황당한 장난까지 치면서 말이다..

그런데 정작 당사자인 재중이 담담하게 본래 인간이었다고 하자 크레이언 올드 세이라가 당황하는 표정이 되었다.

인간이 드래곤이 된다는 것은 진화가 아니라 완전히 다른 종족으로 변했다는 것이나 마찬가지다.

"그건 저도 모릅니다."

"……."

그런데 정작 재중이 가장 중요한 것을 모른다고 대답하자,

찌릿!

재중을 날카롭게 쩨려보는 클레이언 올드 세이라였다.

아마 보통 사람이면 그녀의 눈빛에 심장이 멈췄을 테지만 재중은 드래곤이다.

그래서인지 그냥 기분 나쁘다고 표현하는 정도이다.

"이유를 물으셔도 저도 모릅니다. 그저 추측만 할 뿐이지."

"추측?"

그제야 뭔가 재중에게 사정이 있다는 것을 느낀 크레이언 올드 세이라다.

그녀가 조용히 일어서더니 재중에게 손짓했다.

"들어가서 이야기하지. 이곳에서 서서 이야기하기에는 좀 길어질지도 모르니 말이야."

그러고는 천천히 저택 안으로 들어가자,

"모시겠습니다."

셰프가 재중의 옆에 서 있다가 앞장서면서 안내하기 시작했다.

재중은 조용히 뒤따라 저택 안으로 들어갔다.

크레이언 올드 세이라와 재중은 저택 안의 커다란 홀에서 마주 보고 다시 이야기를 시작했다.

"그러니까 본인도 추측만 하고 있다는 뜻이 정확하게 무슨 말이지?"

인간이 드래곤이 된다는 것을 믿을 수는 없지만, 만약 그것에 일정한 법칙이나 방법이 있다면 그녀로서도 재중의 존재를 심각하게 받아들일 수밖에 없다.

그래서인지 크레이언 올드 세이라의 표정이 그 어느 때보다 진지했다.

어쩌면 인간이 드래곤을 위협할 수도 있는 시작을 직접 마주하고 있는 것인지도 모를 일이다.

"사실 저도 크레이언 올드 세이라 님처럼 대륙에 간 적이 있습니다."

"……!"

재중의 말에 화들짝 놀라는 그녀였다.

자신이 차원을 넘어서 지구에 왔으니 지금 재중의 말은 재중도 차원을 넘어서 대륙에 갔다는 말이나 마찬가지였다.

당연히 놀랄 수밖에 없었다.

그런데 가만히 생각해 보던 크레이언 올드 세이라는 재중의 말에서 뭔가 이상한 것을 느낄 수가 있었다.

간 적이 있다고 했다.

즉 갔다가 지구로 되돌아왔다는 말이다.

그 증거로 지금 자신이 재중을 마주하고 있으니 굳이 다른 설명은 필요 없었다.

"차원이동을 한 인간이라……. 후후훗, 의외인데? 그것
도 두 번이나."

나직하게 말하자 재중은 그저 고개만 끄덕였다.

그리고 베르벤을 만난 사연부터 대륙으로 넘어가 드래고
니안을 처리하고 인류를 구한 이야기, 그리고 다시 지구로
넘어온 이야기를 모두 솔직하게 말해주었다.

굳이 거짓을 보탤 필요도 숨길 필요도 없기에 있는 그대
로 말한 것이다.

물론 그 이야기가 무려 세 시간 동안 이어진 것은 어쩔
수 없었다.

워낙에 방대한 양이었으니 핵심만 추려 해도 그 정도였
다.

그런데 재중의 이야기를 다 듣고 난 크레이언 올드 세이
라의 표정이 심각하게 굳어졌다.

조금은 충격을 받은 것처럼 말이다.

"…설마 대륙에 드래곤이 하나도 없었다는 건가?"

그녀가 재중의 말에 충격을 받은 것은 다름 아닌 대륙에
드래곤이 한 마리도 남아 있지 않다는 말 때문이었다.

물론 재중이 드래곤의 피를 이식받고 각성해서 드래곤이
된 것도 무척이나 놀라운 일이긴 했다.

거의 미친 짓이라고 해도 좋을 만큼 황당한 짓이었으니 말이다.

아마 재중도 정말 운이 좋아서 살아남아 드래곤으로 각성했을 것이다.

인간은 다른 혈액형의 피를 이식받아도 쇼크로 죽는 동물이다.

그런데 완전 다른 존재의 피를 이식받았다니?

그건 누가 봐도 미친 짓이었다.

그런데 재중은 그걸 견디고 살아남았으니 아무리 그녀라도 재중을 인정하지 않을 수가 없었다.

이건 인간의 손을 벗어난 운명이나 마찬가지였으니 말이다.

하지만 대륙에 드래곤이 한 마리도 남아 있지 않는다는 말은 크레이언 올드 세이라에게 심한 충격을 넘어서 경악으로 다가왔다.

"네, 저는 그곳에 있으면서 드래곤의 존재는 단 한 번도 본 적이 없습니다."

재중이 강하게 말하자,

"그럴 리가? 내가 떠나올 때는 많았는데?"

마치 혼자 중얼거리듯 하는 그녀의 말에 재중은 고개를 갸웃거렸다.

"확실한가?"

재중의 말을 믿을 수 없다는 듯 재차 물었다.

"그럼 증인에게 들어보시죠."

재중은 자신이 아무리 설명해 봐야 쉽게 믿을 것 같지 않자 테라를 불렀다.

―오랜만에 뵙습니다.

테라도 가디언이다 보니 드래곤인 크레이언 올드 세이라에게 정중하게 인사를 하고 자신의 존재를 드러냈다.

"믿지 않을 수가 없군."

드래곤의 마도서는 대대로 드래곤 로드가 소유하는 것으로 알려져 있었다.

그건 드래곤의 족보를 관리하는 크레이언 올드 세이라도 익히 잘 알고 있었다.

물론 과거 그녀가 봤던 것은 지금 눈앞에 있는 테라의 껍데기가 아닌, 순수한 마도서로서의 모습이다.

하지만 겉모습이 바뀌었다고 본질이 바뀌는 건 아니었다.

"그럼 드래곤이 사라진 이유는?"

―저도 모릅니다. 다만 어느 날 드래곤 로드에게 신탁이 내려왔다는 것과 그 신탁을 받은 후 동시에 대륙의 모든 드래곤이 사라졌다는 것 외에는 말이죠.

"신탁이라……."

크레이언 올드 세이라는 테라의 신탁이라는 말에 뭔가 곰곰이 생각하더니 얼굴을 심하게 찌푸렸다.

"결국 내가 가장 먼저 받았다는 뜻이군."

"……?"

재중은 방금 그녀의 말이 무슨 뜻인지 이해할 수 없었다. 하지만 고개만 갸웃거릴 뿐 굳이 묻진 않았다.

생각하는데 말 거는 것만큼 방해가 되는 게 없다.

"하아, 아무래도 일이 이상하게 꼬여 버린 것 같은 데……."

한숨과 함께 푸념하듯 말한 크레이언 올드 세이라는 조용히 재중을 쳐다보며 물었다.

"넌 이곳에 계속 살 생각인가?"

"네?"

재중은 뜬금없는 질문에 순간 대답하지 못했다.

"지구에 계속 살 거냐는 뜻으로 물었다. 이제 넌 드래곤이다. 즉 네 늘어난 수명을 인간과 비교하면 국가 하나가 건국해서 망하는 것을 모두 지켜봐도 넌 지금 그대로일 거라는 뜻이다."

나직하게 물어보는 말에 재중은 잠시 생각한 후 고개를 끄덕였다.

"지구에 계속 머무를 생각입니다."

"……."

재중의 대답에 잠시 말없이 쳐다보던 크레이언 올드 세이라가 다시 입을 열었다.

"너의 존재가 지금 지구의 미래에 커다란 균열이 될 수 있다는 것은 생각하지 못하는 건가?"

핵심을 정확하게 찌르는 날카로운 질문이었다.

재중도 그 점은 이미 생각하고 있던 것이기에 조용히 고개를 끄덕였다.

"그건 알고 있습니다. 하지만 그렇다고 여동생을 두고 떠날 수는 없습니다. 그리고 전 지구의 미래에 영향을 끼칠 만큼 큰 힘을 발휘한 적도 없고요."

사실 재중이 한 것은 돈을 번 것밖에 없다.

그리고 주변의 위험에 처한 사람을 구해준 것과 과거의 악연을 끊어버린 것 정도?

그 외에는 대부분 재중이 일부러 무시했다.

하지만 그런 재중의 대답에도 크레이언 올드 세이라는 고개를 천천히 저으면서 물었다.

"그걸로 괜찮을 거라고 생각하는 건 아니겠지?"

뭔가 있는 듯한 그녀의 눈빛에 재중의 표정이 살짝 굳어졌다.

하지만 재중은 어떤 이유로도 연아의 곁을 떠날 생각이 없기에 고개를 끄덕였다.

"하아, 아직 어린 녀석이었군."

"……."

순간 그녀의 말에 재중은 살짝 발끈했지만 틀린 말도 아니었다.

드래곤의 수명으로 따지면 재중은 이제 막 성인이 된 셈이니 말이다.

그것도 편법으로 드래곤이 되었다.

"그럼 넌 아직 수면기도 거치지 않았겠군."

"……?"

순간 수면기란 말에 재중이 무언가 깨달은 듯한 얼굴을 했다.

그는 인간이었기에 방금 그녀가 말한 수면기는 전혀 예상하지 못했다.

Chapter 09
수면기

"역시나. 성룡이 된 것이 최근이니 아직 수면기가 오지 않았군. 그렇지?"

"그렇긴 합니다."

재중이 고개를 끄덕였다.

재중은 이미 테라를 통해 드래곤에 대해 여러 가지 이야기를 들은 바 있다.

그래서 드래곤의 수면기가 어떤 건지도 어느 정도는 알고 있었다.

또한 성룡이 된 드래곤이 통과의례처럼 꼭 치러야 하는

첫 수면기에 대해서도 어느 정도 알고 있었다.

물론 재중은 인간에서 드래곤이 된 특이한 케이스였기에 전혀 생각지도 않았지만 말이다.

하지만 태생 탓에 인간적으로 생각했던 재중과 달리 드래곤인 크레이언 올드 세이라가 보기에 재중은 인간의 외모를 가지고 있지만 본질은 틀림없는 드래곤이었다.

그리고 본질이 드래곤이라면 당연히 성룡이 된 뒤에는 수면기가 있을 것이라고 확신했다.

"그럼 넌 성룡이 된 드래곤이 첫 번째 수면기에 들어가면 얼마나 잠을 자는지도 모르겠군."

"……?"

재중은 뜻밖의 질문에 고개만 갸웃거릴 뿐 대답하지 못했다.

전혀 예상 밖의 질문이었다.

"천 년이다."

"……!"

그리고 귓가에 들린 크레이언 올드 세이라의 대답에 재중은 순간 몸이 굳어버렸다.

몇 년도 아니고 무려 1,000년이라니?

전혀 예상 밖의 곳에서 엄청난 것이 튀어나와 버린 셈이니 충격이 컸다.

"그렇게나 길게 수면기에 들어야 합니까?"

재중이 나직하게 물어보자 ,크레이언 올드 세이라가 반론의 여지가 없다는 듯 단호하게 대답했다.

"이건 신이 드래곤을 창조할 때부터 내려온 거야. 누가 어떻게 할 수 있는 것이 아니지."

즉 신이 드래곤을 만들 때 수면기에 들도록 만들었다는 뜻이다.

하지만 재중은 1,000년이라는 시간을 수면기에 든다는 것에 강한 거부감이 들었다.

아직 인간의 사고방식이 강한 재중은 1,000년이라는 시간을 잠자는 것으로 써야 한다는 것을 쉽게 받아들일 수가 없었다.

"그럼 제가 수면에 들지 않으면 어떻게 됩니까?"

한마디로 스스로 수면기를 거치지 않겠다는 듯 말하자 크레이언 올드 세이라가 그런 재중을 보면서 가소롭다는 듯 웃었다.

"후후훗, 넌 드래곤이 무슨 신이라도 되는 줄 아나보지?"

"그건 아닙니다."

"드래곤의 수면기는 스스로 정하는 게 아니야. 물론 드래곤마다 어느 정도 차이가 있긴 하지만, 특히나 첫 수면기는 네가 거부할 수 있는 종류가 아니기도 해."

"그 말은 무조건 제가 첫 수면기를 거쳐야 한다는 말이군요."

"맞아. 그리고 이건 본능적으로 몸이 반응하는 거라 누구도 막을 수가 없어."

"……."

생각지도 못한 큰 문제가 생겨 버렸다.

수면기라니……. 그것도 무려 1,000년이나 잠을 자야 한다니 재중은 황당했다.

사실 1,000년이면 무려 10세기의 시간이 그냥 지나가는 셈이다.

즉 연아가 결혼하고 행복하게 사는 것을 보고 수면기에 들더라도 자고 일어나면 연아의 후손이 없다는 뜻이다.

그런데 무엇보다 큰 문제는 다른 곳에 있었다.

"성룡이 된 드래곤의 첫 수면기는 언제 올지 아무도 몰라."

"그 말씀은 제가 당장 내일이라도 수면기에 들 수도 있다는 뜻입니까?"

"맞아."

최악이었다.

당장 내일 수면기에 들 수도 있다니…….

그런데 크레이언 올드 세이라는 고개를 갸웃거렸다.

"넌 그걸 전혀 몰랐던 모양이군."

"네, 처음 들었습니다."

"그럼 가디언은 왜 데리고 있는 거지?"

오히려 크레이언 올드 세이라가 재중에게 가디언을 데리고 있는 이유에 물었다.

드래곤이 가디언을 데리고 있는 이유는 바로 수면기 때문이었으니 말이다.

"대륙에서 지구로 넘어올 때 원해서 같이 넘어왔을 뿐입니다."

"쯧쯧쯧, 테라라고 했나?"

─네, 크레이언 올드 세이라 님.

"됐어, 그런 겉치레는. 어차피 뭐 이곳에는 드래곤이라고 해봐야 단둘인데 그냥 세이라라고 불러라."

─알겠습니다, 세이라 님.

"왜 넌 너의 주인에게 수면기에 대해서 말하지 않은 거지?"

날카롭게 크레이언 올드 세이라가 물어보자 테라는 살짝 당황하긴 했지만 순순히 대답했다.

─일반적인 드래곤의 상황과 일치할지 정확성이 낮아 미리 말할 수 없었습니다.

"정확성이 낮다……. 하긴 인간이 드래곤으로 각성해서

성룡이 된 사례는 나도 들어본 적이 없긴 하지. 하지만 내가 봤을 때 재중은 틀림없는 드래곤이다. 본질이 드래곤인 이상 드래곤의 습성이 당연하게 나타날 것이고 말이야."

끝까지 집요하게 테라를 질책하듯 물어보는 세이라이지만 테라도 그냥 당할 성격은 아니었다.

─사실 가능성으로 따지면 50%도 안 되는 상황이었습니다. 그리고 마스터께서는 본질은 드래곤이지만 인간으로서의 생각과 사고방식이 강해서 어쩌면 수면기에 들지 않을 수도 있다고 판단했습니다.

확실히 테라의 말도 일리가 있긴 했다.

하지만 날카롭게 눈을 뜬 세이라가 다시 물었다.

"무슨 근거로?"

─이미 드래곤과 인간의 혼혈의 존재인 드래고니안이 그 증거이지 않습니까?

"흥, 드래고니안이라……. 확실히 네 말도 일리가 있구나. 드래고니안은 수면기가 없지. 아니, 가질 수가 없지. 드래곤의 피가 섞이긴 했지만 본질은 인간에 가까우니까 말이야."

뭔가 마음에 드는 대답은 아니었지만, 세이라도 어쩔 수 없이 인정하는 부분이다.

어찌 보면 드래고니안은 재중과 비슷한 케이스로 볼 수

도 있었다.

물론 본질이 드래곤인 재중과 달리 인간에 가까운 것이 다르지만 말이다.

하지만 세이라가 보기에 재중은 드래곤에 가까웠다.

아니, 껍데기만 인간으로 보일 뿐 드래곤이었다.

어째서 이렇게 된 건지는 그녀도 알지 못했지만, 신의 장난인지 신의 축복인지 재중은 본질은 완벽한 드래곤이었다.

"하지만 이번에는 너의 생각이 틀렸다."

─저도 그렇게 생각합니다, 세이라 님.

가차 없는 세이라의 질책을 테라는 순순히 받아들였다.

가능성이 높을 뿐 재중에게 비교하기에는 확실히 정보가 많이 부족했다.

그리고 테라는 드래곤의 마도서였다.

즉 드래곤이 아니기에 알 수 없는 부분이 상당히 많을 수밖에 없었다.

그 증거로 지금 세이라가 이토록 명확하게 재중을 드래곤으로 인식하는 것만 봐도 테라가 모르는 무언가가 있다는 뜻이다.

세이라가 이번에는 재중을 쳐다보면서 물었다.

"내가 왜 너에게 지구에 계속 있을 건지 물어본 줄 아느냐?"

"모릅니다."

재중은 도무지 속을 알 수 없는 그녀의 생각을 파악하기
보다 그냥 자신의 마음을 그대로 말하기로 한 듯 별생각 없
이 대답했다.

"후후훗, 확실히 특이한 녀석이군. 드래곤이지만 한없이
인간에 가까운 사고방식이 말이야. 아무튼 넌 이제 드래곤
이다. 즉 인간과의 연결고리가 있다고 해도 그걸 계속 가지
고 갈 수 없다는 말이지. 아마 내 말이 무슨 뜻인지는 스스
로 이해했을 거라 생각한다."

언뜻 어려운 말이지만 재중도 이해는 했다.

즉 연아라는 연결고리가 있지만, 그것도 재중의 수명 앞
에서는 무의미하다는 것이다.

거기다 완전히 다른 존재가 되어버린 재중에게 인간의
연결고리는 그저 고개만 돌리면 무시해도 될 만큼 가볍기
도 했다.

물론 드래곤의 관점에서 본다면 말이다.

"하지만 전 그래도 연아의 곁에 있을 생각입니다."

"고집불통이군."

세이라는 재중이 이상하게 마음에 들었다.

차원을 넘은 경험이 있는 것도 그렇지만 인간이 드래곤
이 된 특이한 존재라는 것도 그녀를 자극하고 있었다.

하지만 무엇보다 현재 지구에서 단둘뿐인 드래곤이라는 사실에 재중을 향해 친근감을 표현하게 되는 것 같기도 했다.

"어쩔 수 없습니다."

재중이 다른 것은 몰라도 연아에 관한 것은 절대로 양보할 수 없다는 듯 말했다.

그에 세이라의 표정이 살짝 찌푸려지더니 잠시 뒤 원래대로 돌아왔다.

"난 얼마 뒤 다시 대륙으로 돌아간다."

"……?"

뜬금없는 세이라의 말에 재중이 놀란 듯 쳐다보았다.

"원래 내가 허락받은 지구에 머무는 시간은 오천 년이었다. 이제 그 시간이 다 된 셈이지."

5,000년이 다 되어간다는 뜻은 세이라가 지구에 자리 잡은 지 꽤 오래되었다는 뜻이다.

다만 재중은 설마 그녀가 그렇게 오랫동안 지구에 있었을 거라고는 생각하지 못했다.

"그래서 난 너에게 제의하는 거다. 나와 같이 대륙으로 가지 않겠느냐?"

"……."

세이라의 말에 이번에는 재중도 바로 대답할 수가 없었다.

지구에 연아가 있다면 대륙에는 베르벤이 있었다.

핏줄인 연아와는 다르지만 베르벤도 재중을 지금의 드래 곤으로 만든 결정적인 역할을 한 만큼 인연이 깊었다.

아마 연아가 없었다면 재중이 대륙에 남는 데 가장 큰 이 유가 되었을지도 모른다.

그리고 그런 재중의 변화를 눈치채지 못할 세이라가 아 니었다.

오랜 세월 살아온 고룡답게 재중의 미세한 변화에 민감 하게 반응했다.

사실 세이라는 재중도 자신처럼 신탁을 받고 지구로 넘 어온 다른 드래곤인 줄 알고 있었다.

왜냐하면 자신이 허락받은 시간이 다 되어가니 당연히 다른 드래곤이 자신의 대타로 온 것일 거라고 생각한 것이 다.

그런데 재중에 대해서 알아본 결과 뭔가 이상하다는 것 을 느꼈다.

그리고 재중의 말을 듣다 보니 신탁이 심하게 이상하다 는 것 또한 알 수 있었다.

대륙에서 드래곤은 꼭 있어야 하는 존재였다.

그건 드래곤이 대륙의 균형을 위해서도 필수불가결의 존 재이기 때문이다.

하지만 재중의 말을 들어보니 그런 드래곤이 모조리 사라졌다고 한다.

그뿐인가?

드래곤의 제어가 사라진 순간 드래고니안들이 미쳐서 날뛰기 시작했다고 했다.

상식적으로 세이라가 판단했을 때 있을 수 없는 일이 벌어진 것이다.

사실 세이라는 지금 당장에라도 대륙으로 가서 어떻게 된 일인지 알아보고 싶었다.

하지만 자신에게 내려진 신탁이 아직 끝나지 않았기에 기다리고 있는 것이다.

아무리 드래곤이라도 신탁을 어기는 순간 존재가 무너질 수밖에 없으니 말이다.

드래곤이라도 결국 신으로부터는 자유롭지 못한 존재인 것은 비슷한 셈이었다.

"넌 드래곤이다. 그리고 인간과의 인연이 언제까지나 이어질 거라는 생각은 너의 욕심이기도 하고 말이야. 그렇게 생각하지 않느냐?"

재중도 그녀가 자신이 내심 생각하던 부분을 정확하게 찔러오자 사실 흔들리긴 했다.

이미 재중도 자신의 터무니없는 수명 때문에 인연을 만

들지 않으려고 했다.

드래곤인 재중의 수명에 비해 인간의 수명은 찰나의 순간과 마찬가지다.

물론 끈질긴 천서영에게 좀 넘어간 것도 있지만, 어느 정도는 인간들과 살면서 가치관이 변한 것도 사실이다.

그런데 그런 타이밍에 세이라가 재중을 불러서 드래곤이라는 정체성을 강조하자 재중으로서도 난감했다.

앞으로 일어날지도 모른다고 생각한 것과 일어난다고 확신하는 것은 엄청난 차이가 있었다.

"생각할 시간은 충분할 것이다. 그리고 나도 당장 대륙으로 돌아가는 것이 아니니까 말이야."

"알겠습니다."

재중은 결국 딱 부러지게 거절할 수가 없었다.

연아가 아무리 소중한 가족이라도 인간과 드래곤의 본질적 차이를 극복할 수는 없었다.

거기다 지금 재중에게는 그런 것 이상으로 중요한 문제가 생겼기에 대륙으로 돌아가는 것은 얼마든지 여유가 있을 때 해도 문제가 없었다.

"뭐 나야 욕심 같아서는 같이 여러 가지 대륙에 관한 이야기를 하고 싶지만 지금은 그러지 않는 것이 좋겠군."

세이라는 교묘하게 재중에게 고민거리를 던져 주고서는

자신은 쏙 빠져 버렸다.

　물론 세이라가 의도한 것은 아니지만, 테라가 보기에 확실히 세이라의 행동이 얄미운 것은 사실이었다.

　다만 가디언의 위치에 있는 테라가 그걸 표현할 수는 없었다.

＊　　　＊　　　＊

　—마스터, 무슨 생각을 그렇게 하세요?

　크레이언 올드 세이라의 레어를, 아니, 그녀의 섬을 떠나온 재중은 망망대해를 날아가면서 조용히 생각에 잠겨 있었다.

　물론 테라도 지금 재중이 얼마나 머릿속이 복잡할지 잘 알기에 여태까지는 조용히 있었던 터다.

　하지만 그것이 벌써 한 시간이 넘어가자 걱정이 되었다.

　"테라."

　—네, 마스터.

　"내가 이곳에 계속 머무르는 것이 욕심일까?"

　—그건…….

　테라는 순간 뭐라 말을 할 수가 없었다.

　사실 냉정하게 조건을 생각했을 때 드래곤이 된 재중에

게 어울리는 곳은 지구가 아니라 대륙이었다.

하지만 지구에서 태어나 살아온 재중에게는 지구가 고향이니 아니라고 할 수도 없었다.

"확실히 내 수명이 길긴 하지. 거기다 갓 성룡이 되었으니."

─그건 그렇죠. 아무래도 이제 드래곤으로서의 일생이 시작된 셈이니까요.

"하지만 수면기가 문제야."

재중이 이렇게 깊이 생각하고 고민하는 것은 바로 성룡이 되면 무조건 강제로 들어야 하는 첫 수면기 때문이었다.

사실 재중은 자신은 인간에서 드래곤으로 변했기에 보통의 드래곤과는 다를 것이라고 막연히 생각하고 있었다.

테라도 재중의 그런 생각에 어느 정도 동의하고 있기도 했다.

하지만 그게 정확하지 않았고 그저 추측과 함께 막연히 그랬으면 하는 기대감이 컸다는 것은 부인할 수 없는 사실이다.

그런데 그런 추측과 기대감을 완벽하게 깨뜨려 버린 존재가 나타났다.

그것도 재중처럼 사람에서 드래곤으로 변한 것이 아닌,

진정한 드래곤으로 태어나 고룡이 된 크레이언 올드 세이라이니 드래곤에 관해서는 테라보다 훨씬 아는 것이 많았다.

그녀 자신이 드래곤이니 당연한 일이었다.

그것도 오랜 세월을 살아오면서 지혜와 경험, 그리고 지식이 가득한 고룡이다.

만약 좋은 관계로 만났다면 아마 재중에게는 테라 이상으로 최고의 파트너 겸 스승이 될 수도 있는 그녀였다.

하지만 지금의 재중에게 크레이언 올드 세이라는 문제만 가득 남겨준 얄미운 존재에 불과했다.

─얄미워요. 굳이 그걸…….

테라는 세이라가 의도하진 않았다고 하지만 어느 정도는 재중을 자신의 의도대로 하기 위해서 장난을 친 것을 알기에 분한 듯 화를 냈다.

하지만 재중은 조금 달랐다.

"아니, 어쩌면 더 늦기 전에 내가 알았다는 것에 감사해야 할지도 모르지."

─마스터, 그건 그렇지만 아직 확실하지도 않잖아요. 마스터께서는 각성으로 드래곤이 된 유일무이한 존재예요. 그런데 그걸 일반적인 드래곤의 습성을 가지고 말하는 것은 아니라고 생각해요.

테라는 왠지 억울하다는 듯 재중에게 항변했지만 재중은
고개를 저었다.

"그녀는 드래곤이야. 더구나 고룡이지."

―그거야 그렇지만…….

"드래곤은 드래곤이 가장 잘 아는 법이야. 그리고 그녀의
눈동자에는 확신이 가득했어."

―그건 저도 느끼긴 했지만… 하지만 마스터, 수면기가
오지 않는다면 괜히 설레발치는 것밖에 되지 않잖아요.

"그럴 수도 있지."

재중은 테라가 지금 세이라가 싫기에 무작정 억지를 부
리는 것을 알고 있지만 완전히 틀린 말도 아니기에 고개는
끄덕였다.

하지만 냉정하게 생각하면 테라보다는 세이라의 말에 더
신빙성이 있는 것이 사실이었다.

"하지만 만약 내가 당장 내일 수면기에 들어간다면 연아
는 어떻게 될까?"

―…….

테라는 재중의 말에 그 어떤 말도 할 수가 없었다.

무려 1,000년이다.

인간의 수명으로는 100년씩 꼬박 장수한다고 해도 무려
10대를 거쳐야만 수면기에 빠진 재중을 다시 볼 수 있는 것

이다.

테라는 차마 어떤 말도 할 수가 없었다.

즉 인간인 연아의 입장에서 봤을 때 재중이 수면기에 빠지는 순간 영원한 이별이나 마찬가지였다.

살아서는 절대로 연아가 재중을 다시 볼 수 없으니 말이다.

죽음으로 헤어지는 것과 마찬가지였다.

거기다 지금 재중은 알게 모르게 벌여놓은 일도 많았다.

삼합회부터 론도 랜필드까지 말이다.

우선 크게 보면 그 정도고 태평그룹의 주식까지 건드린 상태이다.

그뿐인가?

재중은 스스로가 지구에서 인연을 만들지 않으려고 노력했지만 결과적으로 재중을 알고, 또 연관된 사람이 의외로 많았다.

시우바 회장도 그렇고 이제는 스페인의 여왕이 된 알리시아 여왕도 있다.

거기다 최근에 나타났지만 재중이 가장 꺼림칙하게 생각하는 존재, 바로 그래고리 라스푸틴이 있다.

마법과 마족의 시체인 쟁롯까지 사용할 줄 아는 존재.

어떻게 생각하면 지금 재중에게 가장 위협이 되는 존재

는 크레이언 올드 세이라가 아니라 바로 그래고리 라스푸
틴일지도 몰랐다.

어둠에 숨어서 무슨 짓을 하는지 알 수 없는 녀석이기도
하지만, 그는 연아에게 직접적으로 영향을 줄 수도 있었
다.

녀석의 힘이라면 재중에 대해서 알아내는 것은 손쉬울
것이다.

아니, 진작부터 스페인 왕가에서 재중에 대해서 대대적
으로 선전하는 바람에 전 세계적으로 알 만한 사람은 다 아
는 유명인이 되었다.

라스푸틴은 이미 연아의 존재를 이미 알고 있을지도 몰
랐다.

"곤란해. 아직은."

다만 문제는 재중이 강제 수면기의 존재를 알고 난 뒤 조
금씩 조급해하기 시작했다는 것이다.

동시에 재중은 답답함을 느끼기 시작했다.

그동안의 여유있는 모습이 흔들릴 만큼은 아니지만, 자
신의 힘으로도 어쩔 수 없는 제약이 걸렸다는 것을 알게 되
었으니 어느 정도는 흔들리는 것도 정상이었다.

물론 재중의 정신력이 강하다 보니 겉으로 표가 나지 않
을 뿐이다.

─마스터, 준비를 해야겠죠?

테라는 재중이 마음의 준비를 했다고 판단하고 슬쩍 물었다.

"우선 모든 것을 떠나 연아를 먼저 결혼시켜야 해."

─그거야 그런데… 가능할까요?

테라도 재중이 그토록 연아의 결혼을 원했으니 알아보지 않은 것이 아니다.

나름 연아의 주변도 살펴보고 행동도 보고, 그러면서 내린 결론은 연아는 재중만큼이나 결혼에 무감각하다는 것이다.

아니, 재중은 그나마 드래곤이기에 어쩔 수 없다는 이유라도 있다.

그러나 연아는 그런 이유도 없었다. 그저 스스로가 결혼에 전혀 생각이 없었다.

동시에 그래서 가장 곤란한 타입이기도 했다.

결혼을 하고 싶은데 남자를 고르는 것은 그나마 일말의 희망이라도 있다.

하지만 연아는 아예 남자를 다른 동물 보듯 하니 이건 비집고 들어갈 틈이 없었다.

바네사도 재중의 명령으로 주변을 살피고 있지만, 역시나 테라와 비슷한 결론을 내렸다.

결혼을 떠나 남자에 그다지 관심이 없다고 말이다.

암살자의 감각과 정보력, 그리고 테라의 마법력과 정보력으로 알아본 결과가 일치한다면 그건 100% 맞을 것이다.

"뭐 어떻게든 해야겠지."

재중도 사실 연아가 남자에 관심이 없다는 것은 어느 정도 알고 있었다.

설혹 재중이 드래곤이 되었다고는 해도 두 사람은 피를 나눈 남매이다.

그리고 재중은 연아가 남자에 관심을 가지지 않는 이유 중에 자신도 어느 정도는 영향이 있다는 것을 알고 있었다.

나이 많은 오빠가 결혼을 하지 않았는데 자신이 먼저 가는 것이 왠지 미안해서이다.

거기다 연아는 자신이 양부모 밑에서 그래도 행복하게 살아온 것과 달리, 재중의 삶은 치열한 전쟁이나 마찬가지였다는 것도 어렴풋이 알게 되었다.

그러다 보니 가슴 깊은 곳에서 미어질 듯 아픔이 가득한 미안함이 생길 수밖에 없었다.

연아는 재중의 존재를 잊고 있었지만 재중은 끝까지 자신을 찾아와 준 것에 대한 미안함 말이다.

재중으로서는 연아가 제발 그런 것은 잊어주기를 바랐지만, 현실적으로는 그게 불가능했기에 그저 기다린 것이다.

연아의 마음속에서 자신에 대한 미안함이 약해질 때까지 말이다.

재중에게 시간은 무한에 가까웠고, 언제까지라도 기다려 줄 수 있었다.

하지만 이제는 그럴 수가 없었다.

지금까지의 여유롭던 시간에 제약이 걸려 버렸다.

언제 잠들지 모르는 수면기로 인해 말이다.

─그냥 괜찮은 남자 골라서 계속 미팅을 시킬까요?

테라는 억지로라도 결혼을 시킬 수 있는 방법 중에 하나를 꺼내 들었다.

하지만 그런 테라의 말에 재중은 고개를 저었다.

"아니, 그건 내가 내키지 않아. 그리고 이미 내가 알려진 이상 연아에게 접근하는 놈은 대부분이 돈이 목적일 가능성이 커졌어."

─…하긴 그렇겠네요.

재중이 빅 핸드이고 월가의 괴물, 거기다 스페인에 200억 달러를 무상으로 줄 만큼 엄청난 부자라는 것이 다 밝혀진 마당이다.

이제 와서 연아의 남편감을 찾는다고 한다면 어떻게 될까?

아마 99.9% 확률로 돈이 목적일 것이다.

이건 굳이 생각해 보지 않아도 뻔했다.

현대에 이르러서 돈이 아닌 사람을 보고 결혼한다는 것은 사실상 불가능에 가까웠다.

혹시라도 오래 사귀면서 힘든 과정을 같이 겪었다면 또 모른다.

하지만 지금에 와서 미팅이나 선을 보아 진정 연아를 위하는 남자를 찾는 것은 애초에 불가능했다.

재중은 그걸 누구보다 잘 알고 있었다.

돈 때문에 사람이 얼마나 변하는지, 최악의 경우 악마 같은 짓도 서슴없이 한다는 것을 말이다.

굳이 멀리서 찾지 않아도 유산 때문에 재중을 버리고 죽이려고 한 정태만만 봐도 알 수 있었다.

"시간, 시간이 문제야."

그랬다.

지금까지 가장 문제없다고 생각하던 시간이 갑자기 줄어들어 버리자 재중으로서도 처음으로 난감한 문제를 맞이하게 된 셈이다.

이건 드래곤의 힘도, 능력도 아무 소용이 없었다.

거기다 애초에 이건 마법으로 어떻게 할 수 있는 문제도
아니었다.

오로지 언제 찾아올지 모르는 강제 수면기가 되기 전에
일을 끝내는 수밖에 없었다.

그리고 재중의 그런 걱정은 우도에 도착하고 나서도 멈
추지 않았다.

Chapter 10
걱정거리

재중귀환록

"오빠."

"응?"

"무슨 걱정이라도 있어?"

재중이 밖으로 우도의 자랑인 에메랄드빛 바다가 한눈에 내려다보이는 카페 밖 테라스에 앉아 있는데 연아가 물었다.

재중은 그런 연아의 질문에 잠시 말없이 쳐다보기만 했다.

"왜, 내가 도와줄 수 있으면 도와줄게."

재중이 뭔가 말하기를 꺼려 한다는 느낌을 받은 연아가 적극적으로 나섰다.

"너 시집가는 걸 언제 볼지 걱정이 돼서."

"헙!"

연아는 재중의 말에 순간 당황했는지 놀란 표정이다.

"농담하지 말고."

당연히 연아는 재중이 지금 농담한다고 생각했다.

"지금 내 말이 농담 같니?"

"…정말로 내 결혼이 걱정되어 그렇게 한숨을 쉰 거야?"

연아는 재중이 진지한 표정으로 말하자 그제야 농담이 아니라는 것을 알아채곤 슬쩍 물었다.

"응. 나야 이제 서영이도 있고 뭐 좀 더 있어야겠지만 잘 되면 결혼할 수도 있겠지."

물론 재중의 속마음은 천서영에게 어떻게 이별을 말해야 할지 고민 중이다.

결혼하고 바로 수면기에 빠질 수도 있는 난감한 상황이 니 말이다.

"그거야 그렇지."

재중이 뭔가 평소와 달리 집요하게 다가오는 느낌이 든 연아는 슬쩍 자리를 피하려고 엉덩이를 움직였다.

그러나 재중이 더 빨랐다.

"너 만나는 남자 없어?"

"없는데."

"정말?"

"응. 나도 오빠한테는 거짓말하지 않아."

"쩝, 남자도 없는데 언제 시집보낼까."

"……."

재중의 잔소리가 너무나 의외이기도 했지만, 왠지 이상하게 지금 재중이 하는 말이 연아의 가슴에 콕콕 박혀들어왔다.

재중은 천서영과 사귀는 중이다.

뭐 나이 차이가 있지만 재중의 능력, 20대 초반으로 보이는 극강 동안의 외모를 생각하면 오히려 천산그룹 쪽에서 쌍수를 들고 환영할 일이었다.

오죽하면 천서영이 재중과 사귄다는 말을 하자마자 천 회장이 자신의 가장 측근인 비서팀의 사람을 보냈겠는가.

원래부터 천 회장은 재중을 노리고 있었다.

아마 천서영이 재중과 사귄다고 한 날 천 회장은 만세를 불렀을 것이다.

그런데 상황이 이렇게 되자 연아가 오히려 불리해져 버렸다.

"어쩐 일이야, 오빠가 잔소리를 다 하고?"

무심한 성격의 재중이 잔소리를 하기 시작한 것이다.

그것도 마치 시어머니처럼 말이다.

더구나 가슴에 콕콕 박혀드는 말만 골라서 하자 연아는 의외이기도 하지만 갑작스런 재중의 변화 자체가 살짝 당황스럽기도 했다.

"너도 나이가 적지 않으니까. 그리고 알아봤더니 너 지금 애를 낳아도 노산이더라."

뜨끔!

순간 노산이라는 말에 연아는 자신도 모르게 어깨를 움찔거렸다.

사실 연아도 가장 신경 쓰이는 부분이 바로 자신의 나이였다.

지금이야 의학이 발달해서 노산이라도 그다지 위험하지 않았다.

거기다 결혼을 늦게 하는 추세이다 보니 연아의 나이에 애를 낳는 사람이 적지 않았다.

하지만 노산이 결코 좋지 않다는 것은 이미 연아도 알고 있었다.

무엇보다 노산이 위험한 것은 바로 유산율이 높다는 것이다.

일반적으로 20대의 임신부가 유산할 확률이 평균 10%라

면 노산인 34~5세 정도 여성의 경우 20% 이상 유산율이
높았다.

이건 난소의 고령화로 인한 자연적인 문제이기에 의학적
으로도 어떻게 해결이 불가능한 문제였다.

즉 지금 연아는 불임이 될 비율도 높지만 유산이 될 확률
도 높은 위험지대로 다가가고 있는 중이었다.

그리고 재중은 정확하게 여자인 연아의 가장 아픈 부분
을 골라서 찌르고 있었다.

"뭐 그렇긴 한데, 사실 난 결혼에 대해서 생각을 해본 적
이 없어서… 그다지…….."

연아는 역시나 재중이 집요하게 파고들자 결국 현재 자
신의 진심을 말했다.

그동안 재중이 연애를 해야 자신도 하겠다며 고집을 피
웠지만, 결론은 본인이 하기 싫었기에 그저 재중의 핑계를
댔던 것이다.

"역시 그럴 줄 알았다."

재중도 연아의 속마음을 어느 정도는 알고 있었기에 듣
고도 그다지 놀라지는 않았다.

하지만 더 이상은 기다릴 수가 없는 상황이다.

재중은 조금 강하게 나가기로 한 듯 연아를 뚫어지게 쳐
다보면서 말했다.

"너 하는 사업이 언제쯤 정상적인 위치에 오를 수 있겠니?"

"카페 프랜차이즈?"

"응."

갑자기 관심도 없던 카페 프랜차이즈 이야기를 꺼내는 재중의 모습에 이상하다 생각하긴 했지만 순순히 말해주는 연아였다.

"아마 적어도 2년은 걸릴 거야. 물론 그것도 천산그룹 브랜드와 유통망을 어느 정도 이용하는 것도 있고 캘리에게서 원두를 원활하게 공급받기 때문에 가능한 기간이지만."

"2년이라⋯⋯."

사실 사업을 2년 만에 어느 정도 안정적인 위치에 올린다는 것은 엄청난 일이다.

사업의 특성상 자리가 잡히기까지 최소 몇 년이 더 걸릴지 아무도 예상할 수 없었다.

하지만 연아는 천산그룹이라는 배경을 두르고 있고 거기다 더해 시우바 그룹의 원두를 원활하게 공급받으면서 사업에 실패할 확률을 최대한으로 줄였기 때문에 가능한 얘기였다.

거기다 프랜차이즈 쪽으로 이미 외국으로부터 인정받은 컨설팅 전문가가 여러 명이 붙어서 노력하고 있으니 실패는 아예 생각해 보지도 않은 상황이다.

하지만 그래도 2년은 걸릴 것이다.

그런데 재중도 그걸 모르진 않을 텐데 그다지 표정이 좋아지지 않았다.

그런 재중의 모습에 연아는 고개를 갸웃거렸다.

뭔가 더 있다는 것을 느낀 것이다.

"왜 그래, 평소 오빠답지 않게?"

"……."

자신답지 않다는 말에 재중이 침묵했다.

재중 스스로도 어느 정도는 알고 있었다. 지금 자신이 서두르고 있다는 것을 말이다.

하지만 그렇다고 평소처럼 아무렇지 않은 듯 할 수는 없었다.

시간은 재중의 편이 아니기에.

"아니다. 우선 생각 좀 해보자. 너도 더 늦기 전에 결혼해야 한다는 것은 알고 있잖아."

"뭐 그야 그렇지."

연아도 재중이 터무니없이 억지를 부린다는 생각은 들지 않았다.

자신도 영원히 결혼을 하지 않겠다는 것은 아니다.

그저 지금은 관심이 없을 뿐이다.

하지만 재중이 왠지 서두르는 것 같은 느낌에 연아도 다시 생각하는 계기가 되긴 했다.

아무래도 연아에게는 재중의 말이 가장 영향력이 있었으니 말이다.

"가자. 쉬러 왔는데 내가 괜한 소리를 했구나."

재중도 자신이 갑자기 서둘러서 연아가 당황한다는 것을 느꼈는지 웃으면서 말했다.

"아니야. 뭐 내가 오빠한테 매번 하던 말이잖아. 이번에는 반대가 되긴 했지만 말이야."

"녀석, 어른스러운 말을 하는구나."

쓰윽~

재중이 자신의 조바심을 가볍게 받아주는 연아의 모습에 기특해 머리를 쓰다듬자,

"오빠, 나도 이세 적은 나이가 아니야."

새초롬하게 눈을 뜨면서 재중을 쳐다보는 연아였다.

하지만 그래도 재중에게는 동생일 뿐이다.

"넌 그래도 내 동생이다."

"훗, 뭐 그렇긴 하지."

재중의 말에 연아는 피식 웃어버렸다.

어느새 재중이 평소의 모습으로 돌아온 것이다.

이후로 휴가는 별문제 없이 보낼 수 있었다.

재중도 연아와 이야기하고 나서 서둘러서 될 것이 아니라는 것을 알게 되었다.

　거기다 천서영도 말은 하지 않았지만 재중의 그런 변화에 민감하게 반응하기도 했다.

　평소 여유 있던 사람이 갑자기 그러니 아무래도 민감하게 반응한 것이다.

　알게 모르게 재중의 변화에 여러 사람이 피곤할 뻔한 휴가였다.

*　　　*　　　*

　"경제인의 파티에 나를 초대해?"

　재중은 뜬금없는 초대장에 천서영을 쳐다보았다.

　"네, 정기적인 모임은 아니지만 대개 1년에 몇 번은 경제인들이 모여 파티를 해요. 서로 인사도 하고 정보도 교류하는 차원에서요."

　"그런데 거기에서 왜 나를……?"

　재중은 경제인들의 파티에 왜 자신이 초대되었는지 이해하기 어려웠다.

　"그게… 이번 파티 주최가 태평그룹이에요."

　"태평그룹?"

재중은 태평그룹이란 말에 그제야 잠시 잊고 있던 것이 떠올랐다.

랜필드 가문에서 오랜 세월 투자를 해서 태평그룹을 집어삼키려고 한다는 것이 말이다.

워낙에 개인적인 일 여러 가지가 한꺼번에 터지다 보니 재중도 잠시 잊고 있었는데 이번에 파티 초대장을 보니 다시 떠올랐다.

"그럼 박태평도 오겠구나."

재중이 나직하게 말하자,

"아, 아마 그럴 거예요, 재중 씨."

천서영은 박태평과 재중 사이에 좋지 못한 사건이 있었다는 것을 알고 있었다.

그래서 순간 재중의 말에 말꼬리를 흐렸다.

일방적으로 재중에게 얻어맞은 박태평이다.

거기다 평소 그의 성격을 어느 정도 알고 있는 천서영은 아직도 박태평이 그 일로 재중에게 이를 갈고 있을 것이라는 걸 충분히 짐작할 수 있었다.

천서영은 재중에게 초대장을 전달해 준 것을 뒤늦게 후회했다.

"초대한다면 가줘야겠지?"

"……?"

의외로 재중이 먼저 간다고 했다.

사실 천서영은 재중의 귀차니즘 성격을 알고 있기에 어느 정도는 설득이 필요할 것으로 생각했었다.

그런데 재중이 이렇게 쉽게 선뜻 간다고 하자 조금 놀란 표정으로 쳐다보았다.

"왜 그래?"

"아니, 재중 씨가 귀찮아서 가지 않는다고 할 줄 알았거든요."

씨익~

재중은 그런 천서영의 질문에 말없이 웃고는 자리에서 일어섰다.

"어차피 내가 가지 않는다고 하면 너나 천 회장님 둘 중에 한 명은 고집을 부릴 것 아니었나?"

뜨끔!

천서영은 순간 재중의 말에 움찔했지만 살짝 웃음으로 무마해 버렸다.

역시나 천 회장도 재중이 미리 알고 있을 것이라고 했는데 이렇게 정확하게 속마음을 눈치챌 줄은 몰랐다.

"언제야?"

재중은 초대장을 뜯어보지도 않고 천서영에게 물었다.

"내일이에요."

"훗."

바로 내일이라는 말에 재중은 참 일찍도 전해준다는 생각과 함께 피식 웃었다.

"방금 그 웃음, 왠지 기분 나빠요, 재중 씨."

거기다 이상하게 재중의 이런 웃음은 민감하게 알아채는 천서영이었다.

"그보다 재중 씨."

"응?"

"파티에 입고 갈 옷 있어요?"

"옷? 그러고 보니 없나?"

테라의 아공간에 옷이 있긴 하지만 순간 재중은 옷이 있다고 하면 안 될 것 같은 느낌이 들어 살짝 거짓말을 했다.

그러자 천서영의 눈빛이 순식간에 반짝거리기 시작했다.

"옷 사러 가요."

"음……."

재중은 기다렸다는 듯 옷을 사러 가자는 천서영의 말에 잠시 머뭇거렸다.

─마스터, 그냥 가시는 게 좋을 듯해요. 여기서 안 간다고 하면 아마 오늘 하루 종일 우울한 상태로 작은 마스터에게 가서 말해… 바로 잔소리 날아올 테니까요.

'하긴 그렇겠지?'

확실히 여자는 사랑을 하면 바보가 되기도 하지만 반대로 요물이 되기도 했다.

그리고 그 증거가 바로 재중 앞에 있는 천서영이었다.

어떻게 된 것이 재중이 뭔가 살짝 서운하게 하거나 하면 재중에게 투덜거리는 게 아니라 바로 연아에게로 갔다.

그리고는 세상 힘든 짐은 다 짊어진 것처럼 풀이 죽은 표정으로 하소연을 했다.

물론 하소연을 들은 연아가 곧바로 재중에게 잔소리를 하는 것은 당연했다.

한마디로 연아를 이용해서 재중을 조련한다고 해야 할까?

아무튼 테라도 요즘은 천서영을 보고 꼬리가 여섯 개 정도는 달린 불여우라고 투덜거릴 정도로 영악하게 재중을 컨트롤하기 시작했다.

그런데 이걸 처음 시작한 건 천서영이 아니라 바로 재중이라는 것이 반전이라면 반전일까?

어떻게든지 연아가 결혼을 하고 싶어 하는 마음이 들도록 자극을 주기 위해서 재중이 천서영을 그렇게 유도한 것이다.

뭐 결과적으로 재중은 자기 손으로 수갑을 찬 셈이 되었다.

연아와 천서영 두 사람에게 잔소리와 압박을 당하는 지금을 보면 그다지 좋은 생각이 아닌 것은 확실해 보였다.

"랄랄라~"

반면 재중의 그러한 속마음과 달리 한껏 기대에 들뜬 천
서영은 곧바로 재중을 데리고 나오더니 부가티 베이론 앞
에 서서는 재중을 쳐다보았다.

"키 달라고?"

"네."

몇 번 운전해 보고 싶다는 말에 재중이 키를 준 적이 있
었다.

그런데 뜻밖에도 천서영이 운전에 상당한 재주가 있었다.

재중은 설마 하니 천서영이 운전에 그 정도로 재능이 있
을 줄은 몰랐었다.

면허증을 한 번에 땄다는 말을 듣긴 했지만, 설마 이 정
도라고는 예상하지 못했던 것이다.

물론 수십억짜리 부가티 베이론이 도로에 뜨자마자 사람
들이 알아서 비켜주기에 큰 어려움이 없긴 했다.

하지만 그것과 별개로 재중의 눈에도 운전을 잘하는 편
이었다.

그리고 그 결과 천서영은 지금처럼 재중과 함께 어디를
갈 때마다 키를 달라고 노골적으로 요구하게 되었다.

"자."

재중은 어차피 테라가 가져온 차이기에 그다지 자기 차

라는 개념이 없어서인지 그냥 키를 넘겨주었다.

27억짜리 차의 키를 달라고 하면 과연 몇 명이나 넘겨줄
까?

아마 웬만한 사람은 불가능할 것이다.

SY미디어 직원들도 회사 차라고는 하지만 밖으로 나가
서는 절대로 차 키를 누구에게 빌려주기는커녕 보여주지도
않았다.

회사용이지만 슈퍼카이다.

자기 것이라도 불가능할 테지만 회사 거라도 결과는 마
찬가지였다.

스치기만 해도 몇 백만 원이 훌쩍 넘는 수리비가 나오는
데 과연 누가 그걸 주겠는가?

아마 웬만한 사이가 아니고는 불가능할 것이다.

그리고 천서영도 재중이 차 키를 넘겨줄 때마다 은근히
재중이 자신을 그만큼 믿고 사랑한다고 생각했다.

일반적으로 생각하면 충분히 그럴 수 있는 일이었다.

"헉! 부가티다!"

"선우재중이다!"

"이번에도 천서영이 운전하는데?"

재중의 차가 도로에 뜨자마자 순식간에 알아보는 사람들
이 넘쳐났다.

사실 국내에 부가티 베이론이 없는 것은 아니다.

하지만 재중의 차가 워낙에 색이 독특하고 이미 매스컴을 많이 탔기에 알 만한 사람은 다 아는 차가 되어버렸다.

올 블랙 도장에 레드와 화이트, 그리고 골드가 마치 무언가 흩날리듯 차의 표면을 뒤덮고 있는 특이한 모습이었으니 말이다.

물론 이렇게 새로 디자인을 해서 도장을 새로 하는 데 수천만 원이 깨졌다는 것도 이미 소문이 난 상태였다.

그리고 기적이 일어났다.

쫘아악!!

천서영이 도로에 나서자마자 마치 모세의 기적처럼 양옆으로 차들이 갈라지면서 재중의 부가티 베이론 근처로는 오지도 않았다.

혹시라도 스치는 날에는 평생 노예계약은 자동 당첨될 것이 뻔했다.

독특한 디자인의 특성상 완전 새로 다 갈아엎어야 하기에 수천만 원을 고스란히 다 물어줘야 한다.

조금이라도 흠이 나는 순간 웬만한 월급쟁이 1년 연봉이 공중 분해되는 셈이다.

뭐 재중의 성격상 그냥 대충 넘길 가능성이 많았지만, 재중을 모르는 사람들이 그걸 알 리가 없었다.

"근데 진짜인가 봐. 천서영과 선우재중이 사귄다는 소문이."

"그러게. 이 정도면 뭐 루머가 아니라 진실이구만."

"하긴 27억짜리 차 운전대를 넘겨줄 정도면 웬만한 사이가 아니고는 불가능하지. 그렇지?"

끄덕끄덕.

사람들은 이제 재중의 부가티 베이론을 천서영이 운전하는 모습이 그다지 새롭지는 않았다.

하지만 소문은 많아도 실제로 볼 기회는 그리 많지 않기에 신기한 듯 쳐다봤다.

물론 가까이 가지는 않았다.

이미 재중과 천서영의 커플이라는 소문은 예전 2박 3일을 촬영할 때부터 심심치 않게 나온 상태였다.

다만 천산그룹과 재중이 뭐라 확실하게 말하지 않았을 뿐이다.

연예인이라면 당연히 말이 많았겠지만 지극히 개인적인 사생활을 파고들기에는 상대가 너무나 거물이기에 그냥 적당히 루머만 돈 것이다.

천산그룹만큼 재중의 파워도 상당했으니 말이다.

Chapter 11
약간의 갑질

재중귀환록

들리는 소문에 재중이 스페인뿐만 아니라 한국에도 100억 달러를 무상으로 빌려주었다는 말이 있었다.

"아, 재중 씨."

신호가 걸리자 차를 멈춘 천서영이 무언가 생각났는지 재중을 불렀다.

"응?"

"이번에 할아버지 말씀으로는 저희 천산그룹을 통해서 정부에 100억 달러를 무상으로 빌려주셨다면서요?"

무려 10조 원에 달하는 금액을 무상으로 빌려줬다는 사실에 천서영은 놀란 표정이긴 했지만 실제로 크게 놀라진 않은 듯했다.

이미 스페인에 200억 달러를 그냥 준 적도 있다.

다만 그걸 천산그룹을 통해서 빌려줬다는 것이 의외일 뿐이다.

"응."

"헐! 왜요? 재중 씨는 솔직히 그다지 애국자 스타일은 아니잖아요."

확실히 고아로 자라면서 나라의 혜택은 전혀 받지 않은 재중이 아닌가?

재중이 100억 달러를 천산그룹을 통해 빌려주었다고는 하지만 실제로는 그냥 준 것이나 다름없었다.

무려 10조 원이다.

대한민국 1년 예산이 대충 200조 원에서 왔다 갔다 한다고 생각하면 10조 원이면 작아 보일 수도 있다.

하지만 그 10조 원으로 나라에서 할 수 있는 일은 엄청나게 늘어난다.

물론 그게 100% 된다는 보장은 없지만 말이다.

그리고 재중이 그걸 모를 리가 없었다.

그런데도 100억 달러를 정부에 줬다는 게 이상한 듯 천서영이 물어보자, 재중이 대수롭지 않게 대답했다.

"연아가 하는 사업에 날파리 꼬이지 말라고 그냥 준 거야."

"아, 하긴……."

한국에서 사업을 크게 한다는 것은 정부의 간섭을 받을 가능성이 높다는 말과 같았다.

아무리 큰 대기업이라도 정부에서 마음먹고 무너뜨리려고 하면 모래성처럼 무너지는 것은 순식간이었다.

그만큼 한국에서 사업을 한다는 것은 눈치 볼 것도 많고 신경 쓸 것도 많다는 뜻이기도 했다.

그래서 재중은 아예 시시하게 줘서 어설프게 하기보다 우선 자신의 배포가 얼마나 되는지 단편적으로 보여준 것이다.

100억 달러를 통해서 말이다.

즉 재중은 마음만 먹으면 얼마든지 이 정도 돈은 움직일 수 있는 능력이 있다는 것을 증명한 셈이다.

또한 동시에 정부에는 정권이 바뀌더라도 재중만큼은 절대로 쉽게 건드리지 않아야 된다는 경각심을 심어준 것이다.

물론 연아도 마찬가지다.

거기다 재중의 돈은 대부분 해외 자본이다.

즉 재중을 어떻게 하려고 하는 순간, 재중이 외국으로 나가 버리면 그걸로 끝나는 것이다.

지금도 재중이 마음만 먹으면 러브콜을 보내는 국가가 한두 곳이 아닌 것을 대한민국 정부에서 모를 리가 없었다.

한마디로 재중이 100억 달러를 정부에 준 것은 무력시위를 한 셈이었다.

어설프게 줘서 얕보이기보다 통 크게 줘서 아예 건드릴 생각도 못하게 한 것이다.

사실 재중의 재력에 비하면 연아의 사업은 태양 앞의 반딧불에 불과했다.

정부 사람들도 바보는 아니기에 괜히 연아를 건드렸다가 재중이 돌아서면 그 후폭풍은 자신들이 감당해야 한다는 걸 모를 리 없었다.

그러니 앞으로는 자연스럽게 연아를 건드리지 않을 것이다.

"재중 씨, 대단해요. 어떻게 그런 생각을……."

천서영은 그저 재중이 변덕을 부린 것이려니 생각했다.

워낙에 그런 적이 많았으니 말이다.

물론 천서영 본인도 그런 재중의 변덕 때문에 연인이 되긴 했지만, 설마 이런 깊은 계획이 깔려 있을 줄은 전혀 몰랐다.

재중을 향한 눈치는 여우처럼 영악해지는 대신 경제를

읽는 능력은 아무래도 조금씩 떨어지는 천서영이었다.

*　　　*　　　*

끼익~

"아가씨, 어서 오십시오."

재중의 부가티 베이론이 보이자마자 백화점의 경호실장
이 직접 나와 VIP만 세운다는 곳 중에서도 가장 안전한 안
쪽으로 안내했다.

이곳은 천 회장과 직속 가족만 주차할 수 있는 곳이었다.

하지만 이미 천산그룹 내에서는 암묵적으로 재중도 주차
할 수 있는 곳이기도 했다.

"반가워요."

"네, 아가씨."

경호실장은 천서영을 보며 깍듯이 인사하고는 뒤의 재중
을 향해서도 똑같이 인사했다.

"오랜만에 뵙습니다."

"네, 반갑습니다."

전용 엘리베이터를 타고 천서영과 재중이 조용히 올라간
뒤였다.

"서둘러라."

경호실장이 무전기로 간단하게 한마디 하자,

투다다다닥!

갑자기 세 명의 경호원이 커다란 천 뭉치를 가져오더니 재중의 부가티 베이론을 꼼꼼하게 덮어버렸다.

그러자 얼핏 봐서는 저게 무슨 차인지 알아보기 힘들어졌다.

"수고했다."

그러고는 경호원 한 명을 남겨두곤 모두 다시 각자의 자리로 올라갔다.

이건 재중을 특별하게 대우하는 것이 아니라 다른 고객을 보호하기 위한 어쩔 수 없는 조치였다.

워낙에 차가 고가이다 보니 아무리 한국에서 내로라하는 사람들만 오는 주차장이라고 해도 실수로라도 재중의 차를 건드리는 순간 정말 난리가 날 것이다.

물론 재중의 성격상 웬만한 스크래치 정도는 매직 펜으로 칠하려고 할 테지만 천 회장의 성격상 그걸 그냥 두고 볼 리 없었다.

그리고 아무리 돈이 많아도 스크래치 한 번에 수천만 원이 공중에 사라지는데 그걸 좋아할 사람도 없다.

그러다 보니 차라리 경호 인력 한 명을 더 써서라도 재중의 차가 올 때마다 세워놓고 다른 고객의 주차를 유도해서 아예 그런 일이 일어나지 않도록 한 것이다.

문짝이라도 하나 부서지는 날에는 수억 원이 날아가는 판이니 차라리 사람 한 명 더 쓰는 게 훨씬 이득이다.

그리고 돈도 돈이지만 백화점의 이미지에도 타격이 클 수밖에 없기에 어쩔 수 없이 취한 조치였다.

물론 재중이 다시 내려오면 재빨리 천을 치워 버리기에 천서영은 이렇게 보호를 받고 있는지 전혀 모르고 있었다.

"뭐가 좋아요?"

일반적인 고객들이 쇼핑하는 곳이 아닌, 백화점의 가장 높은 곳 세 개 층을 모두 차지하고 있는 이곳은 오직 엘리베이터만으로 올 수 있는 매장이었다.

그것도 VIP 고객만 들어올 수 있는 곳으로 이곳에서는 기본적으로 컵 하나도 해도 수십만 원을 호가하다 보니 아예 에스컬레이터조차 설치하지 않았다.

애초에 어설픈 고객들이 와서 분위기를 흐리게 하기보다는 확실한 고객만 받겠다는 의지였다.

확실히 이걸 나쁘다고 하기도 그렇지만 좋아 보이지도 않았다.

뭐랄까, 일반적인 사람들이 보기에는 심한 박탈감을 느끼기에 충분한 곳이었으니 말이다.

"이건 어때요?"

천서영이 생각 없이 집어 든 타이의 가격만 해도 200만 원이 넘는 것을 보면 확실히 아무나 올 곳은 아니었다.

"타이가 꼭 필요한가?"

재중은 목을 감싸는 타이를 그다지 선호하지 않는 성격이다 보니 천서영이 내민 타이를 보곤 싫은 티를 냈다.

"그래도 한국에서 내로라하는 경제인들의 모임이에요. 어느 정도 격식은 필수란 말이에요."

"……."

재중은 사실 내키지는 않았지만 자신이 이미 먼저 간다고 한 터였다.

어느 정도 예의는 갖춰야 했기에 어쩔 수 없이 천서영이 골라주는 것을 샀다.

그리고 정장과 구두, 셔츠까지 쇼핑을 했는데 어째서인지 분명 재중의 옷을 사러 왔는데 쇼핑이 끝났을 때는 천서영의 옷이 더 많았다.

"아, 즐거운 쇼핑이었다. 그렇죠?"

천서영은 대만족한 표정을 지어 보였다.

"아, 배고프다."

그러고는 배가 고프다면서 재중의 손을 잡더니 식당으로 향했다.

"여기 와본 적 있죠?"

천서영은 이미 재중이 화인, SY미디어 연습생과 함께 한 번 온 적이 있다는 말을 들었기에 물었다.

"응."

"어땠어요?"

뭔가 기대하는 듯한 눈빛으로 물어보는 천서영의 모습에 재중은 가볍게 고개를 끄덕였다.

"괜찮았어."

"피이, 그게 뭐야. 재미없게."

재중의 무미건조한 반응에 살짝 투덜거린 천서영이 안으로 들어서자,

"아가씨, 오셨습니까."

매니저가 직접 천서영을 맞이하며 조용한 곳으로 안내했다.

"전 그냥 적당히 괜찮은 걸로 알아서 주세요."

앉아서 메뉴판도 보지 않고 주문하는 천서영이었고, 재중은 더 간단히 말했다.

"같은 걸로."

"네, 알겠습니다."

뭘 시키는지도 모르면서 같은 걸로 주문하는 재중의 모습에 천서영은 새초롬하니 쳐다보았다.

"왜?"

"제가 뭘 먹을지 알고나 같은 걸 시켰어요?"

"아니."

"그럼 내가 개구리반찬이라도 먹으면 어쩌려고요?"

괜히 심통이 나는지 천서영이 한마디 하자,

"그럼 구워 먹지."

재중은 오히려 대수롭지 않게 대답했다.

"헐, 도대체 재중 씨는… 당황하는 것을 볼 수가 없네요."

마치 뭘 해도 재중은 지금처럼 여유로울 것 같은 느낌에 천서영이 투덜거렸다.

"어릴 때 심심치 않게 먹어봤으니까."

"네?"

"개구리. 어릴 때 배고파서 구워 먹은 적 많아."

재중은 별거 아니라는 듯 말했지만 천서영은 순간 뜨끔했다.

어린 시절 재중이 길거리를 배회하면서 살았다는 것은 이제 그녀도 잘 알고 있는 일이다.

사실 그녀는 길거리 생활이 얼마나 힘들고 비참한지 이야기로만 들었을 뿐이다.

천산그룹에서 태어나 무엇 하나 부족함 없이 살아왔으니

말이다.

하지만 재중은 그런 천서영과 정반대였다.

자기 스스로 일어선 사람이다.

거기다 세계에서 알아주는 주식 투자의 천재이기도 하다.

아직 정확하게 재중이 어떻게 그런 능력을 가졌는지 아는 사람은 없지만 이것 하나는 확실했다.

수백억 달러를 마음대로 움직일 수 있는 큰손이라는 것이다.

사실 재중이 마음만 먹으면 대한민국에서 몇몇 기업을 빼고는 모두 먹어치울 수 있을 만큼 엄청난 자본력을 가지고 있었다.

그리고 아직 재중은 모르지만 테라는 한국 기업의 주식도 많이 가지고 있다.

물론 거기에는 천산그룹의 주식도 포함되어 있었다.

재중 본인이 아직 자각이 없을 뿐이지 재중이 마음만 먹으면 웬만한 중위권 대기업은 크게 흔들 수도 있을 만큼 영향력이 대단했다.

"미, 미안해요."

순간 재중의 상처를 건드렸다는 생각에 천서영이 사과하자 재중은 피식 웃었다.

"왜 사과를 해?"

"그러니까… 그냥 미안해서요."

천서영이 사과를 했지만 사실 재중에게는 너무나도 까마득한 과거의 일이기에 그다지 별 의미도 느낌도 없는 상태였다.

대륙에서 무려 100년을 지내다 돌아왔으니 그 정도면 감각이 무뎌지는 것은 당연했다.

물론 그런 사실을 모르는 천서영은 자신이 상처를 건드렸다는 생각이 들겠지만 말이다.

그런데 식사가 나오고 어느 정도 식사를 마쳐갈 무렵 재중의 감각에 익숙한 것이 걸려들었다.

'박태평, 그리고 론도 랜필드, 거기다 이 감각은? 힐든 가문의 장로인가?'

아직 엘리베이터가 도착하진 않았지만 민감한 그의 감각에 익숙한 박태평과 론도 랜필드, 그리고 절대로 평범하지 않는 기운을 지닌 기척이 느껴졌기에 그렇게 판단했다.

─마스터의 예상이 맞아요.

'운이 좋은 건가?'

그동안 마법을 알고 있는 힐든 가문의 장로 때문에 패밀리어를 가까이 보내지 못해 정보가 터무니없이 부족한 상태였다.

그런데 그가 지금 뜻하지 않게 재중의 영향권 안으로 들어와 주니 오히려 이곳에 온 것이 잘한 일이 되었다.

띠링~

엘리베이터가 열리고 나온 사람들은 역시나 재중이 예상한 대로 박태평과 론도 랜필드, 그리고 힐든 가문에서 나온 장로였다.

그런데 안을 둘러보던 박태평이 귀신같이 재중을 찾아냈다.

그리곤 거침없이 재중이 있는 곳을 향해 다가왔다.

"오, 이게 누구신가? 요즘 소문이 자자한 선우재중이 아닌가?"

마치 배알이 꼴려서 못 보겠다는 듯 인상을 쓰면서 노골적으로 재중을 비꼬는 듯한 말투까지 한다.

이건 대놓고 시비를 거는 태도였다.

반면 그런 박태평을 본 재중은 녀석을 무시하고 눈동자를 돌려 론도 랜필드와 힐든 장로를 쳐다봤다.

"론도 랜필드라고 합니다."

마치 재중을 처음 본 듯 인사하는 론도 랜필드와 재중을 가소롭다는 듯 쳐다보면서 인사조차 하지 않는 힐든 장로였다.

하지만 재중은 눈 하나 깜짝하지 않았다.

"쳇, 지금 나를 무시하고 누굴 보는 거야?!"

재중이 노골적으로 자신을 무시한 것을 본 박태평이 재중을 향해 윽박지르면서 소리쳤다.

쫘악!

그러자 론도 랜필드가 그런 박태평의 손목을 잡았다.

그런데 놀랍게도 박태평이 갑자기 헛기침을 하더니 재중을 노려보고는 몸을 돌렸다.

그리고 돌아서면서 나직하게 한마디 했다.

"내일 진짜 귀족이 뭔지 보여주마."

마치 무언가 준비했다는 듯한 여운이 남는 말이다.

"이제는 아예 노골적으로 재중 씨만 보면 시비를 거네요."

분한 듯 눈에 힘을 준 천서영은 마치 자신이 시비를 당한 듯 얼굴이 살짝 붉어져 있었다.

그런데 반면 정작 당사자인 재중은 평온한 모습 그대로였다.

"에휴, 도대체 재중 씨가 당황하는 모습을 볼 수나 있을지 모르겠네요."

천서영은 혼자서 잔뜩 화를 내다가 정작 당사자가 너무나 평온한 모습이자 갑자기 몸에 힘이 빠지면서 화내던 것도 풀어져 버렸다.

왠지 자신이 바보 같아서 말이다.

"언젠가는 보겠지."

재중은 그렇게 말하고 일어섰다.

어차피 식사도 마쳤고 더 이상 이곳에 있기에는 이미 박
태평 때문에 시선이 모인 상태라 불편했다.

Chapter 12
주식

재중귀환록

'설치는 했지?'

—네, 마스터. 박태평과 론도 랜필드, 그리고 그 힐든 가문 장로의 그림자에 조각을 심었어요.

'의외로 일이 쉽게 풀리는군.'

재중은 사실 그동안 그들에게 접근할 기회가 없어 지켜보는 쪽으로 계획을 잡았었다.

그런데 이번에 재중이 필요한 사람 셋이 동시에 나타나 주었다.

이 기회를 놓치면 바보였다.

'얼마나 가능하지?'

―음, 우선 말하는 목소리와 저들이 보는 영상까지는 가능해요. 하지만 그 외에 물리적인 것은 불가능해요, 마스터.

한마디로 도청과 함께 몰래카메라처럼 영상을 볼 수 있다는 것이다.

재중에게는 그것만으로도 충분했다.

'뭐 그것만 해도 충분하지. 지금까지 원거리에서 감시하던 것에 비하면 말이야.'

―그렇긴 해요, 마스터. 그런데 마침 지금 재미있는 이야기가 흘러나오고 있어요.

'재미있는 이야기?'

―네. 지금 박태평과 론도 랜필드가 모종의 계획을 꾸미는 것 같아요.

'계획이라……'

재중은 테라의 말에 미소를 지었다.

그동안 너무나도 조용했기에 재중도 거의 그들의 존재를 깜빡할 정도였다.

그만큼 놈들이 은밀하게 움직였다는 점도 있지만, 사실 뭔가 움직여야 재중도 눈치를 챌 수 있을 만큼 감시가 어려웠던 것이다.

하지만 이제는 사정이 바뀌어 정보가 쏟아지기 시작했다.

'어떤 계획이지?'

―아무래도 주식으로 장난치려는 것 같은데요?

'주식으로 장난?'

―네. 아무리 론도 랜필드가 밀어준다고 해도 사실 현재 박태평이 태평그룹의 중심에 서기 위해서는 어느 정도 주식을 확보하는 것이 필수잖아요, 마스터.

'그야 그렇지.'

―그런데 이미 망나니짓을 많이 하면서 주식을 박 회장이 다 가져가 버렸나 봐요.

'하긴 그 정도 망나니짓을 했으면 당해도 싸지.'

―그래서 다시 그룹 중심으로 들어가기 위해서 주식을 확보하려는 움직임을 보이고 있어요.

재중은 슬슬 론도 랜필드가 본격적으로 움직이는 것 같은 느낌이 들기 시작했다.

―우선 박태평이 자신의 사람들에게 주식을 풀라고 말하고, 그걸 론도 랜필드가 되사는 방법이에요.

'응? 그게 뭐야?'

재중은 뭔가 주가 조작이나 일명 작전이라고 불리는 주가를 가지고 장난치는 일일 거라고 생각했는데 김이 빠질 만큼 단순했다.

─우선 보기에는 그런데, 론도 랜필드가 산 주식을 모두 다시 박태평에게 싸게 판다면 어떻게 될까요?

'음, 한마디로 론도 랜필드가 적당한 가격, 아니면 비싸게 태평그룹의 주식을 사서 박태평에게 싸게 넘긴다 이거지?'

─네, 마스터.

'뭔가 이상한데?'

그랬다.

지금 테라의 말을 들어보면 론도 랜필드는 얻는 이득이 하나도 없었다.

오히려 손해를 본다.

그것도 무조건적으로 말이다.

하지만 한 가지는 확실했다.

박태평을 자신의 사람으로 만들 수 있다는 점이다.

─아무래도 랜필드 가문에서 박태평을 앞세워서 태평그룹을 움직일 생각인가 봐요.

'한마디로 랜필드 가문은 뒤에서 조종만 하겠다는 거군.'

─네, 아무래도 태평그룹이 국내에서 인지도가 있는 그룹이기는 하지만 외국인이 직접 나서면 정부에서도 그다지

좋아하지 않을 것이 뻔하니까요.

그렇다면 론도 랜필드의 이번 계획은 재중도 충분히 이해가 갔다.

주식을 비싸게 사서 싸게 파는 것으로 박태평을 완전히 포섭하려는 용도가 물론 있지만, 거기에는 그렇게 자본력을 보여줘서 딴생각을 하지 못하도록 하는 효과까지 있었다.

재중이 정부를 향해 한 것처럼 말이다.

거기다 현재 박태평을 지지해 주는 사람은 론도 랜필드, 아니, 랜필드 가문이 유일했다.

워낙에 망나니짓을 많이 한 박태평이라 지지해 주는 사람이 없었다.

거기다 랜필드 가문 사람들이 박태평을 지지해 준다고 해도 아직은 박태형의 지지율이 더 높았다.

그것이 지금 박태평을 압박하는 이유이기도 했다.

'어려울 때 도와줘서 절대로 잊지 못하게 하고 거기에 더해서 딴생각을 하치 못하도록 한다는 거군.'

—네. 딱 마스터 생각대로예요.

'음, 그럼 내가 그걸 중간에서 훼방을 놓을까?'

—후후후훗, 뭐 방법이야 많긴 한데, 어떤 타이밍에 끼어들까요?

재중이 박태평과 론도 랜필드 사이에 끼어들 것이 뻔했기에 테라가 이미 준비한 듯 물었다.

'박태평이 론도 랜필드에게 주식을 넘길 때, 아니면 론도 랜필드가 박태평에게 주식을 넘길 때, 이렇게 두 번의 기회가 있는데 언제가 좋을까?'

재중이 나직하게 물어보자,

─우선 쉬운 건 첫 번째예요. 박태평이 론도 랜필드에게 주식을 넘길 때 중간에 끼어드는 건 뭐 쉬운 편이에요. 아무래도 박태평이 소액주주들을 상대로 로비할 것이 뻔하니까요.

'그렇겠지?'

소액주주들의 주식을 비싸게 사준다고 하면 아무래도 파는 사람이 제법 많을 것이다.

소액주주는 대부분이 돈을 벌기 위해서 주식 투자를 하지 돈을 불리기 위해서 하는 게 아니었다.

만약 1.5배만 준다고 해도 당장 판다고 하는 사람이 대부분일 것이다.

이미 어느 정도 가격대가 형성이 되어 있어서 태평그룹의 주식은 크게 내릴 걱정 없이 안전하긴 했다.

하지만 반대로 너무나 안정적이라서 크게 오를 일도 없었다.

즉 그냥 적금 형식으로 가지고 있는 소액주주가 꽤 많다는 것이다.

하지만 그것도 모으면 아마 15%는 충분히 확보할 수 있는 무시 못할 수준이다.

그런데 만약 이런 상황에 박태평이 나서서 소액주주들의 주식을 1.5배에 사주겠다고 하면 과연 그걸 거부할 사람이 있을까?

아마 없을 것이다.

그리고 소액주주들의 주식은 조용히 움직일 것이 뻔하기에 태평그룹에서도 알 리가 없었다.

박태평은 조용히 비수를 갈고 있는 것이다.

자신을 내친 사람들을 향해서 아주 조용히 날카로운 비수를 말이다.

'이왕 장난을 치려면 열 받게 하는 것도 나쁘지 않겠지?'

―네?

그런데 재중은 왠지 그것과는 다른 생각이 있는 듯 말을 슬쩍 돌린다.

재중의 그런 모습에 테라는 고개를 갸웃거렸다.

'테라.'

―네, 마스터.

'네가 사람을 시켜서 박태평이 접촉하려고 하는 소액주

주들에게 먼저 접근해라.'

―네?

테라는 자신의 예상을 벗어난 재중의 말에 놀라서 되물었다.

'2.5배 준다고 하고 박태평이 확보하려는 주식을 내가 모두 가지면 어떻게 될까?'

―헐! 아마 그렇게 하면 그 녀석 성격에 집안이 개판이 될지도 몰라요. 하지만 그렇게까지 할 필요가 있을까요, 마스터?

2.5배는 결코 적은 액수의 돈이 아니었다.

수천억 원이 움직이는 것이다.

한마디로 100만 원짜리를 250만 원에 산다는 것이다.

이런 상황에 소액주주들이 과연 팔지 않을까?

앞다퉈 팔 것이라는 것은 불 보듯 뻔했다.

하지만 왠지 그걸 감행하기에는 주식 투자의 논리로 보면 손해가 심했다.

'나한테 돈은 큰 의미가 없으니까 상관없다.'

재중은 그런 주식 투자의 논리를 완전히 무시했다.

사실 재중이 당장 내일이라도 수면기에 들어갈 경우, 아무리 테라가 노력한다고 해도 가디언의 역할을 수행하기 위해서는 결국 주식에서 손을 떼게 될 것이다.

지금 주식 투자에 활발하게 활동하는 것도 모두 재중이 깨어 있다는 조건이 충족되어 있기 때문이다.

그 조건이 불가능하다면 사실상 빅 핸드의 전설은 끝나는 셈이다.

주식이란 것은 아차하면 순식간에 무너진다는 치명적인 단점이 있으니 말이다.

거기다 과연 재중이 수면기에 들었다 깨어나는 1,000년 뒤에도 지금의 돈의 가치가 그대로일까 하는 의문도 들었다.

화폐란 시간이 지나면 바뀌는 법이다.

그건 화폐의 가치도 마찬가지다.

100년에도 급격하게 바뀌는 상황에 1,000년이라면 휴지조각이 될 수도 있었다.

아니, 그럴 가망성이 매우 높았다.

─하긴 그러네요. 죄송해요, 마스터.

테라는 자신이 주식 투자에 재미를 느껴서 잠시 재중의 상황을 생각하지 않은 것에 사과했다.

테라의 사과에 재중은 조용히 웃었다.

'어차피 가치가 변한다면 필요한 곳에 쓰는 것도 좋겠지. 지금처럼 내가 꼭 필요한 곳에 쓴다면 말이야.'

─네, 마스터. 바로 사람을 보내서 철저하게 저의 존재를

숨기고 모두 수거할게요.

'그래.'

재중은 박태평을 무너뜨리는 것에는 그다지 흥미가 없었
다.

하지만 반대로 론도 랜필드를 흔드는 것은 왠지 흥미가
생겼다.

자신을 죽이겠다고 킬러까지 보낸 녀석들이다.

이미 적으로 정해진 이상, 용서도 없지만 자비도 없었다.

그리고 상대가 자본력으로 덤빈다면 그것보다 더 큰 자
본력으로 집어삼키면 되는 것이다.

어차피 재중에게 돈이란 그저 돈일 뿐이다.

박태평은 지금 자신이 누구를 적으로 두고 있는지 아마
끝까지 모를 것이다.

재중이 스스로 나타나지 않는 이상 말이다.

거기다 이제 녀석들의 모든 계획을 알 수 있는 정보 라인
도 얻었으니 본격적으로 움직일 생각이다.

"뭐가 그렇게 재미있어요?"

"응?"

재중이 조용히 눈을 감고 있다가 갑자기 입가에 웃음을
짓자, 운전 중이던 천서영이 궁금한 듯 물었다.

"아니, 그냥 박태평이라는 녀석이 과연 앞으로 어떻게 될

지 궁금해서."

"음, 아마 조용히 사라질걸요. 자세히는 몰라도 할아버지 말씀으로는 이미 동생 태형이가 후계자 수업에 들어갔다고 했거든요."

아무래도 기업들 간에 친분이 있다 보니 들리는 소문이 있는 듯했다.

거기다 천서영 정도의 위치에 있으면 알게 모르게 고급 정보들이 들어오는 편이다.

"그래? 장남인 박태평이 아니고?"

"그게 원래부터 태평 오빠, 아니, 그 박태평이라는 놈이 사고를 많이 쳐서 말이 많았어요. 그런데 재중 씨한테 그렇게 얻어맞고 완전 눈 밖에 난 것 같더라고요. 거기다 원래부터 태형이가 이래저래 프로젝트를 성공한 것도 많아서 이미 태평그룹 안에서는 지지 기반이 탄탄한 편이에요."

재중은 천서영이 의외로 많이 알고 있어 쳐다보자,

"왜 그래요?"

"아니, 많이 알고 있는 것 같아서."

"아, 아무래도 한때 약혼 이야기까지 오간 사이라서 뭐 저도 듣게 되는 게 많아요. 거기다 내일 있을 경제인 모임도 태평그룹에서 주최하는 것이다 보니 아무래도 많이 들리네요."

"하긴."

재중은 천서영의 말에 조용히 고개를 끄덕였다.

주최 측에선 이미 박태형을 후계자로 정한 듯했다.

그게 아니라면 이렇게 공공연하게 소문이 나도는 것은 불가능했다.

동시에 어째서 박태평이 론도 랜필드에게 그렇게 매달리는지도 이해가 되었다.

아무리 랜필드 가문에서 박태평을 밀어준다고 해도 다른 주주들이 철저하게 박태형을 밀어붙이면 박태평의 입지가 좁아지는 것은 당연했다.

거기다 박태평은 실적이 없었다.

반대로 사고 친 것만 넘쳐나는 박태평과 달리 박태형은 이미 몇몇 굵직한 프로젝트를 성공시켜서 매출을 크게 올린 전적이 제법 있었다.

즉 아무리 론도 랜필드가 박태평을 밀어주려고 해도 최소한의 실적이라도 있어야 할 것이다.

'왜 론도 랜필드는 박태평을 선택한 거지? 알다가도 모르겠군.'

랜필드 가문의 힘이면 박태형에 대해서는 거의 모든 것을 알아낼 수 있을 것이 분명했다.

아마 하루에 화장실을 몇 번 가는지도 알아낼 만큼 방대한 저력과 힘을 가지고 있는 것이 랜필드 가문이다.

물론 박태평이 박태형에 비해 다루기 쉽고 구슬리기 쉽다는 장점이 있긴 하다.

─완전히 꼭두각시로서의 역할만 필요했다면 아마 저라도 박태형보다는 박태평을 선택했을 거예요, 마스터.

'너도?'

─네. 확실히 알기 쉬운 타입에 단순하잖아요. 그리고 뒤에서 조종하기에는 약간의 손해가 있겠지만 태평그룹을 박태평이 차지하게 되면 그깟 약간의 손해는 몇십 배로 되돌려 받을 수 있으니까요.

'테라.'

─네, 마스터.

'너, 똑똑하구나.'

─호호호호, 마스터, 제가 설마 그런 공부도 안 하고 주식을 했을까 봐요. 호호호호, 저 월가의 괴물 빅 핸드예요, 마스터. 호호호호호!

재중이 칭찬하자 한껏 기분이 좋아진 테라가 박장대소를 했다.

물론 재중이 조용히 한동안 아무 말 없자 금방 멈췄지만 말이다.

─죄송합니다, 마스터.

'알면 됐다.'

─그런데 마스터.

'왜?'

─태평그룹의 소액주주를 먼저 가로채는 걸 서둘러서 당장 시작할게요.

'너도 눈치챘냐?'

재중이 나직하게 물어보자,

─네, 천서영의 말이 사실이라면 아마 발등에 불이 떨어진 건 박태평이니까요.

'그렇겠지. 아마 내일 태평그룹 주최로 열리는 파티에 박태형을 공식 후계자로 사람들에게 알릴 가능성이 상당히 높으니까.'

─네, 그리고 왜 론도 랜필드가 서두르라고 재촉했는지도 알 것 같아요.

'재촉했다고?'

─네. 박태평은 영문을 모르는 것 같던데, 론도 랜필드가 소액주주들을 빨리 만나서 주선해 달라고 했거든요.

'정보력이 랜필드 가문이 훨씬 앞서는군. 이쪽으로는 확실히.'

재중은 인정하긴 싫지만, 확실히 경제 쪽으로는 랜필드

가문의 정보력이 자신보다 훨씬 앞선다는 것을 인정하지
않을 수 없었다.

'정보가 아직도 부족한 거야.'

싸움을 할 때 정보가 얼마나 중요한지는 재중도 잘 알고
있다.

태평그룹처럼 거대한 그룹을 상대로 뭔가를 할 때는 당
연했다.

대륙에서 드래고니안과 싸울 때도 재중은 우선 맞아주면
서 상대를 살피고 결국 파악하고 나서야 이긴 것이 대부분
이다.

왜냐하면 아무것도 모르는 상태로 싸우는 것과 맞아주면
서 어느 정도 파악한 뒤 싸우는 것은 하늘과 땅 차이였으니
말이다.

지피지기면 백전백승이라는 말이 그냥 나온 게 아니었
다.

─음, 마스터.

'왜?'

─그게… 정보를 확실하게 넓힐 수 있는 방법 한 가지가
있긴 해요.

'……?'

재중은 갑자기 정보가 부족할 때마다 끙끙대던 테라가

뭔가 있다는 듯 말하자 궁금할 수밖에 없었다.

―크레이언 올드 세이라 님의 힘을 빌리면 되거든요.

'왜 그녀의 이름이 나오는 거지?'

재중은 영문을 모르겠다는 듯 되물었다.

―그게… 조용히 저에게 메시지가 왔어요. 필요한 것이 있으면 알아봐 주겠다고요. 그러면서 현재 삼합회의 배경에 누가 있는지도 알려주던걸요.

'……!'

재중은 순간 감고 있던 눈을 번쩍 떴다가 다시 감았다.

삼합회의 배경이 누군지는 재중도 정말 궁금했다.

하지만 아무리 파고들어 가도 도무지 누군지, 아니면 어떤 단체인지 알 수가 없었다.

그런데 그걸 마치 동네 친구 이름 알려주듯 가볍게 알려줬다는 테라의 말에 놀라는 것은 당연했다.

'나에게 보고하지 않은 이유는?'

재중은 순간 놀라긴 했지만, 테라의 말에 뭔가 이상하다는 것을 찾아내곤 물었다.

―그게… 정보가 정확한지 어떤지 확인할 길이 없었어요, 마스터.

그랬다.

테라도 정보가 정확한지 어떤지 알 길이 없었던 것이다.

그러다 보니 재중에게 보고하기도 애매해서 잠시 보류하던 중이었다.

그런데 아이린을 통해 확인해 본 결과 사실일 가능성이 상당히 높다는 것을 조금 전에야 알고 이제야 재중에게 말한 것이다.

'어떤 놈들이야?'

—그게… 그래고리 라스푸틴이에요, 마스터.

'……'

재중은 이름을 듣자마자 조용히 생각에 잠겼다.

왠지 뒤통수를 맞은 것 같은 느낌이 들었다.

충분히 예상해야 했다.

잿롯을 만질 줄 알며, 데스나이트까지 만드는 기술을 가지고 있는 마법사이다.

세간에는 죽었다고 알려졌을 만큼 자신을 완벽하게 숨기는 법도 알고 있는 사람이 과연 마법과 부적을 조합해서 사용하는 것을 몰랐을까?

충분히 알았을 것이다.

아니, 재중이 조금만 깊이 생각했더라도 라스푸틴과 삼합회가 연관되어 있을 것이라 추측이 가능했다.

그런데 그것을 전혀 생각지 못했다.

순간적으로 닥친 일이 많았던 탓도 있지만, 애초에 갑자기 나타난 존재였기에 삼합회와 라스푸틴을 서로 별개로 놓고 생각한 것이 문제였다.

'라스푸틴 본인이 움직이진 않았겠지.'

이미 재중 자신이 스페인에서 그의 제자를 만난 적이 있기에 나직하게 물어보자,

―네, 아이린의 정보를 토대로 알아보면 삼합회에 정체를 알 수 없는 고위 간부가 세 명이 있다고 해요.

'세 명이나?'

―네, 그리고 아이린도 최근에 보았는데, 삼합회를 구성하는 구룡회의 중심에 있는 사람들도 그 정체 모를 세 명에게는 깍듯하게 대하는 것을 목격했다고 해요.

'상당히 높은 위치까지 올라갔나 보군. 아이린이.'

그동안 거의 신경을 쓰지 않던 아이린에게서 이렇게 결정적인 정보를 얻게 되자 재중이 피식 웃었다.

인생사 알 수 없는 일투성이라고 했던가?

설마 그때 아이린을 구해준 것이 이렇게 커다란 도움이 될 줄은 재중도 몰랐다.

만약 재중이 그때 아이린을 살려주지 않고 모른 체했다면 아마 지금도 삼합회의 정보를 몰라 전전긍긍했을지도 모른다.

―네, 정보를 관할하는 쪽은 거의 접수했다고 하는 것을

보면 상당히 높은 위치에 올라간 듯해요, 마스터.

'필요한 정보였어. 그런데 그 정보가 크레이언 올드 세이라 그녀에게서 나왔단 말이지?'

―네, 마치 저희가 그걸 찾고 있는 것을 알고 있는 듯했거든요. 그리고 결정적으로 5,000년 가까이 지구에 있던 크레이언 올드 세이라 님을 저희가 따라잡기에는 무리인 것도 있어요, 마스터.

한마디로 그녀는 이미 5,000년을 지구에 살면서 천천히 정보 라인을 구축한 것이다.

재중은 갑자기 나타나서 그걸 다 하려고 하니 당연히 무리가 온 것이고 말이다.

즉 재중도 시간이 지난다면 충분히 구축할 수 있는 정보 라인이긴 했지만, 결정적으로 그 시간이란 것이 커다란 차이를 만든 셈이다.

그리고 시간의 차이는 그 어떤 능력으로도 메우기 힘든 부분이다.

'먼저 손을 내민 것인가?'

재중이 나직하게 말하자,

―아무래도 저도 그렇게 생각해요, 마스터. 그녀의 입장에서는 무슨 이유인지는 몰라도 마스터를 마음에 들어 했으니까요.

'하긴 노골적이긴 했지.'

재중도 그녀와 두 번째 만났을 때 처음과는 너무나 다른 반응에 살짝 긴장했다.

첫 번째는 어느 정도 경계가 있었지만, 최근의 두 번째 만남에서는 노골적으로 자신과 같이 대륙으로 가자고 말을 했을 정도이다.

아마 대륙으로 다시 돌아가야 하는 날짜가 다가오지 않았다면 재중을 부르지 않았을지도 몰랐다.

그녀의 성격은 모르지만 지금까지 재중을 조용히 지켜봐 왔다면 계속 그랬을 가능성이 상당히 높았다.

—어떻게 할까요, 마스터?

테라는 아무래도 상당한 정보 라인에 구미가 당기는 눈치였다.

하지만 재중은 잠시 생각해 보기로 했다.

만약 그냥 보통의 인간이라면 주저없이 손을 잡았을 것이다.

하지만 상대는 드래곤이었다.

그것도 드래곤의 족보를 관리하는 특별한 임무까지 띠고 있는 고룡을 상대로 준다고 덥석 받아먹는 것인 왠지 내키지 않았다.

'우선은 조금 기다려 보자.'

—네. 하지만 확실히 지금 저희에게는 필요한 것이기도
해요. 마스터.

　혹시라도 재중이 거절할까 봐 살짝 운을 띄우는 테라였
지만, 재중은 못 들은 척했다.

Chapter 13
파티

재중귀환록

500명 이상을 수용할 수 있는 넓이의 화려한 이 홀은 국내에서도 알아주는 호텔에 위치했다.

　물론 이 호텔의 실질적인 주인은 바로 태평그룹의 박 회장이다.

　경제인의 모임을 주최하는 쪽에서 호텔을 가지고 있으면 암묵적으로 그쪽 호텔에서 하는 것이 관례였다.

　이 정도 능력은 된다는 과시도 어느 정도 섞여 있기도 했으니 말이다.

　거의 4성급 호텔로 인정받는 이곳은 이미 여러 차례 경제인의 모임을 치른 경험이 있기에 호텔 직원들의 움직임이 빠르면서도 익숙해 보였다.

물론 그 모든 것을 지켜보는 치프매니저의 날카로운 눈빛 속에 말이다.

"끝~"

이번 경제인의 모임 준비에는 홀을 꾸미는 데만 호텔 전 직원이 동원되어 반나절이 넘는 시간이 걸렸다.

준비를 마친 뒤 굳게 닫혔던 홀 문이 다시 열린 것은 경제인의 모임 참가자들이 입장하면서부터였다.

"이번에 선우재중인가, 그 사람 온다면서?"

"응, 나도 들었는데, 정말 오나봐."

"나도 할아버지에게 들었는데 온다고 했어. 어제 백화점에서 선우재중과 서영이가 같이 쇼핑하는 걸 본 사람이 꽤 많았거든."

"헐, 서영이 그렇게 남자에 미쳐서 따라다닌다고 난리 치더니… 정말 굉장한 사람이었다니, 나도 따라다닐걸."

"설마 그런 거물일 줄이야."

우선 경제인들의 모임은 총 2층짜리 건물로 이루어진 홀에서 치러지는데 1층은 재벌가 자제들이 대부분 자리를 차지했다.

미리미리 서로 안면을 익히고 친해지라는 뜻에서 일부러

경제인의 모임이 있을 때마다 이렇게 젊은 아이들을 먼저 들여보내서 시간을 보내게 했다.

거의 세 시간 넘도록 치러지는 경제인의 모임이지만 실질적은 핵심은 끝나기 30분 전에 있다.

나머지는 정말 젊은 애들이 마음껏 먹고 이야기하고 떠드는, 말 그대로 사교의 장이라고 해도 틀린 말이 아니었다.

하지만 이게 보기에는 별것 아닌 것처럼 느껴지지만, 돈을 굴리는 기업의 입장에서 보면 이것만큼 필수적인 것도 없었다.

한마디 말이라도 나눠서 안면이 있는 것과 전혀 모르는 것의 차이는 엄청났으니 말이다.

특히 사람을 상대하는 것이 대부분인 기업의 입장에서는 서로 비슷한 위치에 있는 사람들끼리 친하게 지내 손해 볼 것이 없었다.

거기다 모임이 이런 식으로 진행된 것이 이미 수십 년 정도 되었기에 형식이 거의 굳어진 편이다.

파티가 시작되고 30분쯤 지났을까?

보통은 이 시간이면 홀의 문이 열리는 일이 없는데 파티장으로 들어오는 문이 열렸다.

"……?"

"누가 또 오나?"

귀족가의 자제라고는 하지만 결국 그들도 사람이다 보니 궁금함에 고개를 돌렸다.

"누구지?"

"멀어서 잘 안 보이는데?"

"어? 저거 서영이 아니야?"

그나마 홀에서 가까이 있던 남자가 천서영을 알아보고 한마디 하자 홀 안에 웅성거림이 퍼져 나갔다.

"천서영? 그럼 혹시 옆에 있는 남자가?"

"선우재중인가?"

이미 재중이 정부에 100억 달러를 기부하듯 줬다는 것은 알 만한 사람은 다 아는 일이다.

천서영의 등장은 이곳에 모여 있는 젊은이들의 기대감을 끌어올리기에 충분했다.

하지만 그 누구도 선뜻 천서영에게 다가서는 이는 없었다.

사실 천서영을 아는 사람이 많긴 했지만 그것은 그녀가 아프기 전의 얘기다.

암으로 죽을 날만 기다리면서 세상과 담을 쌓았던 천서영은 거의 몇 년 만에 다시 모습을 드러낸 것이다.

사실 친하다고 하기도 애매하고 그렇다고 남이라고 하기

에는 어느 정도 알고 있는 사이가 대부분이다 보니 선뜻 먼저 다가가는 사람이 없을 수밖에 없었다.

저벅저벅.

그런데 그런 사람들 틈에서 용감하게 나서는 이가 있었다.

"박태평?"

"저 망나니도 왔나?"

"그러게. 난 못 봤는데."

놀랍게도 이곳에 있던 자제들도 전혀 존재를 모르고 있던 박태평이 갑자기 방금 들어온 천서영을 향해 다가가는 것이다.

그것도 너무도 당당하게 말이다.

순간 이곳에 있는 많은 사람은 그가 박태평이 아니라 박태형인 줄 착각했다.

자신들이 알고 있던 박태평과 너무나도 달라진 모습에 말이다.

항상 거들먹거리면서 주변을 깔보던 모습이 아닌 당당한 모습은 그들도 본 적이 없으니 놀라는 것도 어쩌면 당연했다.

"왔군."

박태평이 정작 천서영에게는 눈길도 주지 않고 오로지

재중을 쳐다보면서 나직하게 한마디 하자,

"오라고 했으니 온 거겠지."

재중이 심드렁하게 대답했다.

꿈틀!

순간 재중의 말이 녀석의 신경에 거슬렸는지 이마에 핏줄이 튀어나왔지만 용케 참는 모습이다.

재중은 방금 그 말에 당연히 박태평이라면 참지 못하고 얼굴을 일그러뜨릴 거라 생각했었다.

한데 의외로 잘 참는 모습에 피식 웃었다.

"그 웃음이 과연 얼마나 갈지 모르겠군."

그런데 박태평은 재중의 웃음이 자신을 비웃는 거라고 생각한 듯했다.

뭐 어느 정도 그런 뜻도 담겨 있었으니 아주 틀린 말은 아니다.

"그 말 하려고 온 거면 그만 비켜줘."

천서영은 재중의 앞을 막아선 박태평이 시비조로 말하자 역시나 전혀 변하지 않은 그의 모습에 실망했다.

동시에 그런 박태평이 재중의 앞을 막아선 것도 마음에 들지 않아 눈을 날카롭게 뜨면서 말했다.

"후후후, 벌써 감싸고 도는 건가?"

이미 천서영과 재중이 커플이라는 것은 경제인이라면 다

들 알고 있는 일이기에 박태평이 비꼬듯 투덜거렸다.

"비켜줘."

하지만 이미 박태평에게 실망한 천서영이었다.

어제 백화점 레스토랑에서도 시비를 걸더니 여기서도 얼굴을 보자마자 시비를 거는 모습에 화가 난 표정으로 단호하게 말했다.

"후후훗, 그래, 비켜주지. 아무래도 지금의 주인공은 너희들인 것 같으니 말이야."

그러면서 뭔가 의미 모를 미소를 짓는 박태평이다.

"흥!"

천서영은 몇 번이나 말해야 비켜주는 모습도 그렇지만 뭔가 음흉한 박태평의 미소가 정말 보기 싫어 고개를 돌리고는 재중의 손을 잡고 나가 버렸다.

물론 그 모습을 뒤에서 지켜본 박태평은 계속 혼자만의 미소를 짓고 있었다.

"기분 나빠."

천서영은 박태평이 재중에게 시비를 거는데 왜 자신이 이토록 기분이 나쁜지 이유는 몰랐다.

어쨌든 자신에게 시비 거는 것 이상으로 화가 난 상태였다.

"그렇게 화내면 이마에 주름 생긴다던데."

"헛!"

재중이 너무나 감정적이 된 천서영에게 돌려서 한마디 하자 재빨리 표정을 푸는 천서영이다.

그런데 우연히 그런 재중과 천서영을 본 한 사람이 놀란 듯 멍하니 쳐다보고 있다.

"응? 왜 그래?"

천서영은 자신을 보고 놀란 표정의 남자를 보더니 환하게 웃으면서 반갑게 다가갔다.

남자는 나름 천산그룹과 밀접한 관계에 있는 그룹의 자제였다.

천서영도 어릴 때부터 만난 횟수가 많아 친하게 지냈다.

그런데 천서영이 다가가는데도 남자는 멍하니 천서영을 쳐다보고만 있었다.

무언가에 놀란 듯 말이다.

"왜?"

사람이 인사를 하는데 받아주지는 않고 쳐다보면서 이상한 표정을 짓자 천서영이 살짝 인상을 찌푸렸다.

"아, 미안. 그냥 내가 알고 있는 천서영이 맞는가 싶어서 말이야."

"응? 내가 왜?"

"독설이라면 내가 아는 사람 중에서 최고이던 천서영이

맞는지 궁금해서 말이야."

움찔!

순간 남자의 말에 천서영이 놀란 듯 어깨를 들썩이더니,

덥석!

남자의 손을 잡아 그대로 잡아당기면서 귓가에 속삭였
다.

"더 이상 말하면 너 내 손에 죽는다."

흠칫!

남자는 순간 방금 그 목소리에 예전의 천서영을 본 듯한
느낌이 들었고, 저도 모르게 자연스럽게 고개를 끄덕였다.

"호호호호! 자, 이쪽은 어릴 때부터 알고 지낸 동성그룹
셋째 아들이에요."

천서영이 아무것도 아니라는 듯 환하게 웃으면서 남자를
소개하자,

"선우재중입니다."

재중이 정중하게 손을 내밀었다.

"네, 전 동주혁입니다."

"반갑습니다."

그런데 정중한 재중의 모습에 동주혁이 또 고개를 또 갸
웃거리는 것이다.

"너 목 아파? 아까부터 왜 자꾸 목을 꺾는 거야?"

천서영은 동주혁이 뭔가 당황하거나 놀라면 저런 행동을
한다는 것을 알고 있기에 핀잔을 주듯 말했다.

"아니, 소문과 좀 다른 것 같아서……."

"소문?"

천서영은 그의 뜬금없는 말에 의아한 표정을 지었다.

"아니, 그 뭐냐, 버릇없고 제멋대로라는 소문이 있더라
고."

"……?"

천서영은 순간 그가 재중을 쳐다보면서 말하자 그제야
버릇없고 제멋대로라는 소문이 재중을 가리킨다는 것을 알
았다.

"어디서 들은 건데?"

천서영이 날카롭게 눈을 치뜨면서 물었지만 동주혁도 소
문으로 듣기만 했을 뿐 소문의 출처는 몰라 대답하지 못했
다.

사실 재중은 언론에 노출을 거의 하지 않는 편이다.

물론 파격적인 2박 3일 출연과 몇몇 인터뷰가 있긴 하지
만, 손가락에 꼽을 정도로 적었다.

하지만 사람들은 재중에 대해서 알고 싶어 했다.

어떻게 성공했는지, 어떻게 200억 달러를 스페인에 그냥
줄 수 있었는지 말이다.

거기다 최근에는 공식적으로 재중이 정부를 위해서 100억 달러를 주었다는 말까지 나오자 사람들의 궁금증은 폭발적이었다.

웬만한 액수여야 사람들도 그러려니 할 텐데 기본이 100억 달러였으니 말이다.

그런데 일부 언론에서 이상한 소문이 돌기 시작한 것이 그때쯤이었을 것이다.

재중이 언론에 나오지 않는 것은 모두 성격이 더러워서 혹시라도 방송에서 실수해 정체가 드러날까 싶어 그런다고 말이다.

처음에는 사람들도 몇몇 언론이 사람들 시선을 끌어보려고 하는 짓이라고 생각했었다.

하지만 의외로 재중 쪽에서 조용하자 소문을 믿는 사람이 하나둘씩 늘어나기 시작했다.

물론 처음 언론에 기사를 실은 것은 삼류 잡지였지만, 점점 이야기가 퍼지면서 메이저급 언론사에서도 심심치 않게 이야기가 흘러나오게 된 것이다.

일이 이렇게 되니 당연히 경제인들에게도 들릴 수밖에 없었다.

물론 천산그룹에서는 취급도 하지 않았지만, 그 외 다른 그룹에서는 긴가민가하면서 소문에 귀를 기울였다.

워낙에 알려진 것이 없다 보니 황당하게도 그런 소문이
진실이 되어가는 것이다.

그런데 딱 그때 박태평이 소문에 살을 붙이면서 선우재
중이 천하의 쓰레기라고 떠벌리기 시작했다.

팔은 안으로 굽고 가재는 게 편이라는 말이 있듯, 아무리
쓰레기 같은 망나니 박태평이라도 그는 태평그룹의 장남이
었다.

그러다 보니 천애고아에서 성공하여 세계를 상대로 움직
이는 재중보다 자신들이 조금이라도 더 잘 알고 있는 박태
평의 말에 귀를 기울이는 것은 당연했다.

즉 우연이라기에는 참 기묘한 타이밍에 소문이 하나씩
살이 붙었다.

그러면서 지금 이곳 파티장에 있는 기업가의 자제들은
재중이 고아에다가 배우지도 못하고 예의도 없는 천하의
개차반이라는 것을 대부분 믿는 상황이 되어버린 것이다.

"그걸 믿었어?"

오히려 천서영이 동주혁에게 따지듯 묻자,

"아니, 나도 그건 잘 모르지. 들은 거니까."

순간 예전의 천서영으로 돌아갈까 봐 슬쩍 꼬리를 내리
는 동주혁이었다.

반면 자신에 대해서 그런 소문이 돌고 있다는 것을 들은

재중은 오히려 평온한 표정이었다.

"화나지 않으세요?"

당연히 자신에 대해서 나쁜 소문이 돌면 화가 나야만 한다.

동주혁 자신도 만약 그런 소문이 돈다면 길길이 날뛰었을 것이다.

그런데 재중은 그런 소문을 면전에서 듣고도 평온했다.

천서영이 저렇게 화를 내는 것을 보면 재중이 미리 알고 있지는 않아 보였으니 동주혁은 더욱 신기해했다.

"사실이 아니니까요."

뭐랄까, 뭔가 여유가 있어 보이는 재중의 모습에 동주혁은 멍한 표정으로 쳐다보았다.

반면 재중은 그런 동주혁의 모습에 살짝 미소를 보여주고는 조용히 지나쳐 갔다. 천서영은 그 뒤를 얌전히 따랐다.

"역시 여자는 사랑을 해야 변하는구나."

동주혁은 박태평만큼은 아니라도 콧대 높기로는 둘째가라면 서러워할 천서영이 저렇게 얌전한 여자가 될 줄은 정말 꿈에도 생각해 본 적이 없다.

그는 상상 밖의 일이 벌어지자 한동안 두 사람에게서 시선을 떼지 못했다.

워낙에 충격적이었다.

반면 동주혁과 헤어진 뒤, 재중이 천서영의 또 다른 모습에 그녀를 보며 살짝 웃자,

뜨끔~

천서영이 무언가에 찔린 듯 재중의 눈을 피하더니 어색하게 웃었다.

다행히 천서영이 빨리 대처해서 자신도 잊어버린 과거의 모습이 드러나진 않았지만 아슬아슬한 순간이었다.

하지만 어려운 순간을 피했다는 건 천서영 혼자만의 착각이었다.

"서영아, 안녕?"

"오랜만이네, 천서영."

이미 장내에는 그녀의 과거를 다 알고 있는 사람이 너무나도 많았다.

동주혁은 친하게 지낸 사이라 그나마 강제로 무마시켰었다.

하지만 지금 다가오는 녀석들은 그저 지금처럼 파티에서나 아는 척하는 비즈니스 관계였기에 그게 불가능했다.

"소개해 줘야지?"

반면 그런 천서영의 속마음을 아는지 모르는지 다가온 남녀 중에 여자가 귀엽게 웃으면서 재중을 쳐다보았다.

천서영은 어쩔 수 없이 조용히 소개했다.

"이쪽은 대산그룹 선주영이라고 해요."

천서영이 소개하자 재중은 손을 내밀기보다 정중하게 고개를 숙이면서 인사했다.

"반갑습니다. 선우재중입니다."

"어머, 반가워요. 선주영이에요."

남자에게는 악수지만 여자에게는 정중하게 고개를 숙이는 인사법은 누구나 알고 있는 것이다. 하지만 선주영이 놀란 것은 재중의 발놀림이었다.

한 발짝 뒤로 물러나면서 발을 움직이는 자세는 웬만큼 예절을 익히지 않았다면 자연스럽게 나오기 힘들었다.

선주영 본인이 그 발놀림 예절 때문에 어릴 때 엄청 고생한 경험이 있기에 자연스럽게 재중의 발놀림에 눈이 간 것이다.

한편 선주영의 옆에 있던 남자도 재중의 그런 모습에 제법 놀란 눈빛을 보냈다.

소위 개차반이라는 소문이 사실이라면 절대로 저런 발놀림을 보여줄 수가 없기 때문이다.

"전 선진우입니다."

그래서 그런지 오히려 천서영이 소개하기도 전에 먼저 손을 내밀며 인사하는 선진우였다.

"반갑습니다. 선우재중입니다."

악수를 한 선진우는 환하게 웃었다.

남자와 악수할 때도 여자와 달리 반대쪽 발을 내미는 것이 정확하면서도 너무나 자연스러웠다.

자신들은 어릴 때부터 철저하게 교육을 받았기에 그나마 지금은 그런 자세가 몸에 배어 있다.

하지만 어릴 적부터 배운 게 아니라면 이렇게 움직이기가 결코 쉽지 않은 것을 누구보다 잘 알고 있었다.

간단해 보이면서도 의외로 어려운 것을 자연스럽게 하는 재중의 모습에 선진우와 선주영 남매는 지금까지 들린 소문이 그냥 루머였다고 생각했다.

반면 멀찍이서 그런 그들의 모습을 본 박태평은 뭔가 이상하다는 것을 느꼈다.

동주혁이야 워낙 천서영과 친한 것을 알기에 그냥 그러려니 했다.

하지만 선주영과 선진우 남매는 외국에서 제대로 예절 교육을 받은 엘리트 중의 엘리트였다.

거기다 대산그룹은 천산그룹과 순위를 다투는 그룹이다.

그래서 그런지 프라이드가 높기도 하다.

하지만 나름 교육을 잘 받은 탓에 특별히 귀족 의식은 없는 편이었다.

다만 그들은 어릴 때부터 예절 교육을 강하게 받아서 그런지 사람을 처음 만나서 판단할 때 자연스럽게 그 사람의 예절을 살펴보고 판단하는 버릇이 있었다.

그래서 당연히 지금쯤이면 뭔가 큰 소리가 들리면서 재중과 선진우가 싸우는 소리가 들릴 거라고 예상했었다.

하지만 너무나 조용한 것이다.

의외의 상황에 유심히 살펴보니 큰 소리는커녕 오히려 환하게 웃으면서 이야기를 하고 있는 모습에 박태평의 얼굴이 단번이 일그러졌다.

처음부터 어긋나기 시작한 것이다.

본래 박태평의 계획은 재중이 무시당하면 재중을 도와주는 척하면서 마음껏 비웃어주는 것이었다.

하지만 지금의 분위기를 보니 그럴 가망성이 전혀 없어 보였다.

그런데 그 순간, 박태평의 눈이 재중의 눈동자와 마주쳤다.

씨익~

조용히 입가에 미소를 짓는 재중을 본 박태평의 얼굴이 처절하게 일그러지기 시작했다.

"건방지게 비웃다니!!"

당장에라도 가서 재중의 멱살을 잡고 싶었다.

아니, 힐든 장로에게 배운 내공과 무공을 사용해서 재중을 묵사발을 만들어 버리고 싶었다.

그러자 마음먹은 것과 동시에 자연스럽게 박태평의 내공이 움직이면서 끌어 올려지던 순간,

'그것도 참지 못하고 나중에 어떻게 태평그룹을 이끌어 가려고 그럽니까.'

나직한 론도 랜필드의 목소리가 전음을 통해 뇌리에 들렸다.

멈칫.

거의 반사적이었다.

론도 랜필드의 목소리가 들리자 신기하게도 박태평의 용암처럼 끓기 시작하던 내공이 순식간에 차갑게 식어버렸다.

'기회는 기다리는 자의 것이지요.'

나직하지만 타이르는 듯한 론도 랜필드의 다음 말에 박태평은 조용히 고개를 끄덕였다.

찰나의 순간, 재중의 도발에 자신이 넘어갈 뻔했다는 것을 뒤늦었지만 깨달은 것이다.

하지만 완전히 분노가 식은 것은 아닌지 박태평은 재중을 노려보는 시선을 거두지 않았다.

물론 조용히 때를 기다리면서 말이다.

내공을 가지고 있고 힐든 장로에게 정식으로 무공까지 배웠다.

거기다 그가 배운 것은 독을 사용하는 무공이기에 지금 박태평은 자신감이 가득했다.

일전에 재중에게 그렇게 얻어터지고도 지금 이렇게 자신감을 가질 수 있는 것도 바로 힐든 장로에게 배운 사천당가의 독을 이용하는 무공 덕분이었다.

아무리 강한 사람도 독 앞에서는 한낱 죽어가는 생명에 불과하기 때문이다.

그는 힐든 장로에게 무공을 배우면서 독의 무서움을 직접 눈으로 확인했다.

거기다 자신이 독에 감염될 위험도 없었다.

사실 독을 쓰는 무공을 사용하면서 자신이 독에 중독되면 그것만큼 웃기는 상황도 없다.

박태평은 결정적으로 독 중에서도 흔적이 거의 남지 않는 사천당가의 특수한 독까지 가지고 있기에 이토록 큰소리치면서 당당해질 수 있었던 것이다.

재중도 내공을 가지고 있고 박태평도 내공을 가지고 있다는 점은 동일하다.

하지만 박태평은 결정적으로 자신은 재중과 달리 독공을 배웠다는 점에서 스스로 재중보다 한 수 위라고 생각하고 있는 것이다.

"아직은 아니야. 조금만 기다려라. 조금만."

재중 때문에 밑바닥까지 떨어진 경험이 있는 박태평이었다.

아무리 힐든 장로에게서 무공을 배우면서 자기 수련을 어느 정도 했다고 해도 완전한 치유란 힘들었다.

역시나 트라우마가 남아 있는 것이다.

재중만 보면 스스로도 주체할 수 없는 분노를 느낄 때가 많았으니 말이다.

반면 재중은 방금 슬쩍 박태평과 눈을 마주친 것만으로도 박태평에 대해서는 어느 정도 파악이 된 상태였다.

'독공이라……. 역시 사천당가의 무공을 배워서 그런가?'

재중이 샴페인을 한잔하면서 속으로 생각하자,

―에고, 겨우 저런 조약돌만 한 단전에 가진 내공으로 지금 마스터에게 그렇게 큰소리친 거예요? 나 참.

테라도 재중의 눈치를 보고 박태평의 몸을 살펴본 결과 확실히 내공이 있는 것을 발견했다.

그것도 위험하기로 둘째가라면 서러울 만큼 유명한 사천당가의 독을 이용한 내공이다.

흔히 독공이라고 불리는 이것은 내공의 양이 적다고 해

서 쉽게 볼 수 있는 종류는 아니었다.

일반적인 내공은 내공을 움직여서 타격을 주는 것이 주목적이다.

그렇기에 상대하는 쪽에서 어느 정도 내공이 있거나 막을 수 있으면 큰 걱정을 할 필요는 없었다.

하지만 독공은 그 성질이 일반 내공과는 판이하게 달랐다.

우선 내공을 쌓는 것부터가 완전 달랐다.

몸이 적응할 수 있는 독초를 먹고, 다시 해독초를 먹으면서 천천히 몸이 독초에 적응할 때까지 훈련을 한다.

그리고 어느 정도 독에 몸이 저항성이 생기게 되면 그때부터 본격적으로 독공 수련에 들어가는 것이다.

사천당가에 들어가면 의무적으로 독환을 복용하지만 일반 사람은 독환을 복용할 기회가 없는 게 사실이다.

하지만 박태평은 론도 랜필드 덕분에 사천당가의 직계 가족들이 먹는 독혈환을 복용했다.

일반적인 독환의 무려 스무 배가 넘는 독성을 지닌 독이다.

그러니 그걸 모두 자신의 것으로 만든다면 순식간에 일반 사천당가 무사보다 스무 배나 강해지는 셈이니 충분히 도전해 볼 만한 모험이었다.

물론 독성도 스무 배나 세다는 단점이 있다. 즉 그만큼 위험하다는 뜻이다.

론도 랜필드는 그 사실을 말해주며 박태평의 자존심을 건드리는 방법으로 독혈환에 도전하게 만들었다.

물론 힐든 장로가 박태평에게 작지만 강제로 단전을 만들어놓은 상태이기에 가능한 모험이었다.

본래 고통이란 자신이 겪으면 세상에서 가장 큰 고통이 된다.

그리고 자신이 겪은 훈련이 가장 고통스러운 훈련이듯 박태평은 자신이 독혈환의 고통을 이겨낸 것에 자부심이 대단했다.

하지만 이 모든 것이 바로 론도 랜필드의 계략인 것을 박태평은 전혀 모르고 있었다.

"내버려 두세요. 그게 저희에게 유리하니까. 후후훗."

오히려 론도 랜필드는 자신이 다루기 쉽도록 그런 박태평의 자화자찬에 오히려 호응해 주며 띄워주었다.

그러자 아주 우주 끝까지 날아갈 듯 기분이 들떠서는 예전에 폐인처럼 살던 박태평을 이제는 전혀 찾아볼 수가 없었다.

물론 단기간에 박태평이 다시 정상으로 돌아온 것에 태평그룹의 박 회장은 진심으로 기뻐했다.

하지만 그가 겉으로 보기에만 정상이라는 것을 박 회장은 전혀 모르고 있었다.

자식이 다시 폐인 생활에서 벗어난 것만으로 만족하고 마음을 놓았다.

그것이 박 회장 인생에 있어 최대 실수가 될 줄도 모르고서 말이다.

아무튼 사람 다루는 데는 확실히 론도 랜필드가 대단한 녀석이긴 했다.

─그래도 단기간에 걸레 같던 녀석을 저 정도로 회복시킨 것을 보면 대단하긴 하네요. 론도 랜필드라는 녀석이요.

테라도 구제불능이지만 마음을 닫고 폐인이 되었던 박태평을 단기간에 저렇듯 완전히 정상으로 돌려놓은 론도 랜필드의 능력 하나만큼은 인정하기로 했다.

적은 적이고 능력은 능력대로 따로 나눠서 생각하는 테라였다.

철저하게 논리적이다.

어쩌면 드래곤의 마도서이기에 성격 또한 드래곤을 많이 닮은 것일지도 몰랐다.

─그냥 두실 거예요? 저 녀석, 왠지 조만간 사고 칠 것 같은데.

테라는 박태평과 같은 녀석들이 의외로 엉뚱한 사고를

잘 치는 것을 경험으로 잘 알고 있었다.

알고 있으니 재중에게 묻지 않을 수 없었다.

'지금 당장은 안 되겠지.'

─하긴 파티가 끝나고 나서라도 늦진 않겠죠.

박태평이 최소한 재중과 테라가 감시할 수 있는 거리에 있으면 얼마든지 대처가 가능하다.

그래서 우선은 지켜보기로 했다.

'그보다 주식 매입은 어떻게 되고 있지?'

재중은 박태평을 보니 문득 생각났는지 태평그룹 소액주주들의 주식을 매입하는 것에 대해 물었다.

─후후훗, 이미 사람을 풀어서 대대적으로 모으고 있는 중이에요. 파티가 진행되는 지금도 매입하고 있으니까요, 마스터.

씨익~

사실 지금 재중이 하는 행동은 박태평의 허를 찌르는 것뿐만이 아니었다.

론도 랜필드의 뒤통수도 함께 치는 것이다.

물론 론도 랜필드도 주식으로 어느 정도 장난을 치든, 아니면, 박태평을 자신의 사람으로 만들기 위해서 돈을 쓰든 최소한 손해가 적은 상태에서 움직일 거라고 생각할 것이다.

아니, 주식 투자 자체가 워낙에 도박성이 강하다.

그러다 보니 아는 사람들은 최소한의 투자로 최대한의 이득을 얻는 것이 기본이었다.

그리고 그런 평소의 행동이 무의식중에 뇌리에 습관처럼 남아 있는 것도 당연했다.

그런데 지금 재중이 하는 것은 주식 투자도 아니고 주식으로 장난치는 작전도 아니었다.

아무리 장난치고 작전을 한다고 해도 2.5배로 멀쩡한 주식을 사는 사람이 있으리라고는 그 누구도 예상하지 못할 테니 말이다.

사실 론도 랜필드가 박태평을 완전히 자기 사람으로 만들기 위해서 1.5배를 부른 것도 정말 크게 양보해서 내린 결정이다.

결코 적은 액수가 아니니 말이다.

하지만 그걸 알게 된 재중은 오히려 거기에 플러스를 시켜 버렸다.

무려 2.5배이다.

이건 태평그룹의 주식을 가지고 있는 사람들은 절대로 오르지 못할 금액으로 파는 것이다.

1.5배도 소액주주들은 바로 반응할 것이 뻔한데 2.5배면 물어보나마나였다.

한마디로 지금 박태평과 론도 랜필드는 방심한 것이다.

이미 수년째 안정되어 있는 태평그룹의 주식을 1.5배에 산다는 언질을 했다.

그러니 당연히 그들이 다른 곳에 주식을 팔 것이라고는 생각조차 하지 않고 있으니 말이다.

그것도 지금 파티장에서 재중과 마주한 사이에도 진행 중이라는 것을 알면 어떤 표정을 지을지 참 볼만할 것이다.

Chapter 14
돈 싸움의 시작

재중귀환록

"그러니까 내가 가지고 있는 주식 전부를 싹 2.5배에 사겠다는 말이요?"

그동안 슈퍼를 운영하며 모은 돈으로 노후 자금이나 하려고 태평그룹의 주식을 가지고 있던 노인은 자신을 찾아온 남자의 말에 귀가 솔깃했다.

거기다 남자의 신원을 직접 알아보니 대형 로펌에서 나온 변호사이다.

즉 신분이 확실한 사람이라는 뜻이다.

"음, 그걸 어떻게 믿으라고……."

하지만 요즘 워낙에 보이스피싱이니 대포통장이니 해서 사기 사건이 많다 보니 귀가 솔깃한 제안이긴 하지만 왠지 선뜻 믿음이 가지 않는 것도 사실이다.

"그럼 바로 이 자리에서 주식 증서를 주시면 바로 그 금액을 통장으로 이체시켜 드리겠습니다."

"헉! 정말… 그렇게 해준다는 겐가?"

노인은 증시를 거쳐서 수수료를 떼는 등 복잡하게 준다는 것으로 생각하고 있다가 바로 맞교환한다는 말을 듣자 심하게 흔들렸다.

"증서를 넘겨주시고 저희에게 넘겼다는 증명만 해주시면 나머지는 저희가 알아서 하겠습니다. 어떠십니까?"

"음."

하지만 역시나 의심이 많은 노인인 듯 마지막까지 고민하는 모습이었다.

이상하게 그 모습이 어설픈 것이 뭔가 노리는 게 있는 듯 보였다.

"음, 조금만 더 줄 수 없을까?"

역시나 변호사의 생각대로 노인은 욕심을 부리기 시작했다.

딱 봐도 꼭 주식이 필요한 것처럼 보이니 어쩌면 세 배까지 가능할 거라 생각한 듯했다.

그런데 노인의 입에서 더 달라는 말이 나오자마자,

벌떡!

변호사는 그 자리에서 벌떡 일어서더니 몸을 돌려서 가게를 나가려 했다.

"헉! 이보게! 왜 이러나, 갑자기?"

노인은 순간 화들짝 놀라며 황급히 변호사의 손을 잡았다.

"그냥 없던 일로 하겠습니다."

"헉! 그게 무슨 말인가? 방금 전까지 사겠다고 하지 않았나?"

노인은 자신이 욕심을 부려서 변호사의 마음이 떠났다고 생각하고는 손목을 강하게 움켜쥐었다.

"2.5배도 많은 것을 아시면서 더 욕심을 부리니 저희도 어쩔 수가 없습니다. 위에서 지시가 내려오기를 2.5배에서 더 욕심을 부리는 주주가 있으면 그냥 오라고 했으니 그만 가보겠습니다."

"허걱!!"

순간 노인은 변호사의 말에 하늘이 노랗게 변하는 느낌이다.

"미안하네, 미안해! 내가 늙어서 주책을 부린 거야!! 자네 말대로 2.5배에 팔겠네!"

뒤늦게 욕심이 과했다는 것을 깨달은 노인은 지금까지와는 반대로 변호사에게 매달리기 시작했다.

"이러시면 곤란합니다, 어르신."

변호사는 무표정한 모습으로 계속 나가려고 했고, 노인은 어떻게든지 막으려고 용을 쓰는 기이한 상황이 벌어져 버렸다.

하지만 어찌 노인이 젊은 사람의 힘을 이기겠는가?

결국 힘에 부친 노인은 급히 소리치면서 자식까지 불러서야 겨우 변호사를 붙잡을 수가 있었고, 거의 강제로 다시 태평그룹의 주식에 대해서 이야기를 할 수가 있었다.

"2.3배입니다."

"헉! 그러는 게 어디 있는가? 조금 전까지 분명 2.5배라고 하지 않았나? 그런데 갑자기 2.3배라니?"

겨우 변호사를 앉히는 데는 성공했지만, 변호사가 갑자기 주식 값을 2.5에서 2.3으로 깎아버리자 아주 난리가 나 버렸다.

자신이 가지고 있는 태평그룹 주식에 0.2배가 깎이면 꽤 큰 액수이다.

"윗선에서 아예 거래하지 말라고 했지만 어르신이 저를 붙잡으니 결국 다시 하는 거래입니다. 어찌시겠습니까? 저는 그냥 가서 그대로 보고만 하면 됩니다. 어차피 저도 대

행하는 것일 뿐 이것으로 돈 버는 것이 아니니 저에게 흥정
해 봐야 소용없습니다, 어르신."

변호사는 자신은 철저하게 대행을 맡았을 뿐 자신에게
흥정해 봐야 소용없다고 못을 박았다.

"제발 2.5배에 해주게. 제발."

욕심을 부리던 노인은 이젠 제발 사달라고 사정하기 시
작했다.

물론 이 노인도 이미 박태평에게서 1.5배에 산다는 말을
듣고 그렇게 팔겠다고 말한 사람이다.

하지만 1.5배와 2.5배, 과연 어디에 팔겠는가?

어차피 주식을 팔고 나면 태평그룹이 망하든 말든 아무
상관이 없었다.

비싸게 사주는 사람에게 팔면 그만이다.

어차피 돈 때문에 산 주식이니 비싸게 사주는 사람이 은
인이다.

아무튼 노인은 욕심을 부린 대가를 톡톡하게 치르고야
말았다.

결국 노인은 거의 두 시간 넘게 어르고 달래도 도무지 요
지부동인 변호사를 설득할 최후의 카드를 내밀었다.

"그럼 내가 아는 지인 모두 자네가 말한 2.5배에 주식을
팔도록 설득하겠네."

"어르신이 아는 지인 모두를 말입니까?"

변호사도 이번에는 노인의 말에 반응을 보였다.

사실 변호사는 자신에게 떨어지는 것이 없다고 했지만 실제로는 달랐다.

2.5배에 주식을 매입하면 건당 수수료를 챙기고, 혹시라도 거기서 0.1이라도 가격을 줄일 수 있다면 그것에 대해 인센티브를 받기로 한 것이다.

즉 변호사는 건수도 챙겨야 했지만, 원래 사기로 한 2.5배보다 싸게 사야 자신에게 떨어지는 것이 많았다.

"그럼 어르신, 이렇게 하면 어떻겠습니까?"

"응? 어떻게?"

노인은 변호사가 그동안 요지부동하던 모습에서 급선회하자 혹시라도 마음이 바뀔까 봐 조마조마했다.

"아는 지인 분이 총 몇 분이십니까?"

"음, 내가 추천해서 태평그룹 주식을 조금씩 가지고 있는 친구가 열네 명 정도 있지."

변호사는 노인이 아는 지인이 열네 명이나 된다는 말에 눈빛이 반짝거리기 시작했다.

"어르신께서 사정하시는 것도 있지만 저를 위해서 설득까지 해주신다니 제가 어르신께는 세 배를 드리겠습니다."

"헉! 세 배를?"

노인은 갑자기 변한 변호사의 말에 기뻐서 얼굴에 웃음이 피어났다.

하지만 갑자기 바뀐 변호사의 태도에 고개를 갸웃거렸다.

"대신 어르신의 친구 분들에게는 제가 2.3배에 사는 걸로 설득해 주십시오."

노인은 변호사의 말에 살짝 갈등하면서 고민했다.

하지만 변호사는 오히려 그런 노인의 모습에 입가에 미소를 지었다.

지금 노인의 마음이 어떤 고민을 하고 있고 어떤 결정을 내릴지도 짐작이 되었다.

"친구들에게는 미안한데, 그럼 내 것만 3.1배는 안 되겠나?"

역시나 변호사의 생각대로 욕심 많은 노인이었다.

변호사는 고개를 끄덕이면서 곧바로 노인의 태평그룹 주식을 모두 3.1배에 사들였다.

하지만 덕분에 노인이 아는 친구들에게서는 2.3배에 주식을 모두 사들였으니 오히려 변호사는 이득을 본 셈이다.

"음, 괜찮겠지?"

하지만 그래도 약간의 양심은 남아 있는지 노인이 걱정스런 표정을 지었다.

"이건 저와 어르신만 모른 척하면 아무도 모를 겁니다. 왜냐하면 제가 주식 증서를 다 처분할 테니까요."

"아, 그렇군."

노인도 친구들을 속이는 것은 조금 미안했다.

하지만 사실 2.3배도 많이 받은 셈이다.

오히려 친구들에게서 고맙다고 술 먹자는 약속이 한 달 스케줄을 꽉 채울 정도였기에 금방 표정을 풀었다.

"어르신."

"응?"

"이게 누이 좋고 매부 좋은 일 아니겠습니까?"

"허허허허, 그렇구먼. 결국 손해 본 사람은 없으니 말이야."

어차피 박태평에게 팔면 1.5배였다.

그런데 그걸 2.3배에 팔아줬으니 결과적으로 손해 본 사람은 아무도 없었다.

물론 변호사도 두둑하게 챙길 수가 있었다.

그런데 이런 상황이 이곳에서만 벌어진 것이 아니었다.

변호사들은 서로 짠 듯 똑같이 소액주주 중에서도 그나마 주식을 많이 가지고 있는 사람들을 집중 공략해서 주식을 빠르면서도 확실하게 수거하고 있었다.

거기다 이 일은 아무도 모르게 은밀하게 진행되었다.

그리고 변호사들이 인센티브를 노리면서 악착같이 모으
다 보니 의외로 성과가 좋았다.

—어라? 예상보다 많네?

테라의 손에 태평그룹 주식이 모두 모이자 원래 예상한
15%가 넘는 18%인 것이다.

인센티브를 주니 변호사들이 악착같이 모은 결과이다.

—역시 돈이면 귀신도 부린다는 말이 틀린 말이 아니야.
호호호호호!

테라는 대륙에서는 모르던 돈의 진정한 위력을 지구에서
자주 느끼는 중이다.

사실 마법이 있는 대륙에서는 아무리 돈이 많아도 마법
으로 해결할 때가 더 많았다.

그래서 드래곤의 마도서인 테라에게 돈이란 그저 인간들
이 사용하는 화폐 이상의 의미는 없었다.

하지만 지구에서 돈은 엄청난 위력을 가진 것으로 마법
에 버금가는 힘을 발휘하는 경우가 의외로 많았다.

거기다 테라는 돈이 돈을 번다는 것도 처음으로 느껴보
면서 돈 버는 재미에 슬슬 빠져들기 시작했다.

물론 순수하게 돈을 버는 재미에만 빠져버린 것이 문제
지만 말이다.

"응? 벌써 회장님들이 움직이시는 건가?"

경제인의 모임이 이뤄지는 호텔의 파티장.

평소라면 재벌가 자제들이 모여서 한창 떠들고 놀 시간인데 갑자기 홀 중앙에 단상이 놓이면서 마이크가 준비되자 다들 의아해하기 시작했다.

"너무 이른 것 같은데?"

"그러게. 무슨 일이 있는 거야?"

아직 실질적으로 그룹에 뛰어들어서 일하는 자제는 적은 편이다 보니, 아는 것이 적은 어린애들부터 웅성거리기 시작했다.

그렇게 얼마 지나지 않아 곧 파티장 안을 가득 채울 만큼 웅성거림이 커져 버렸다.

끼익~

하지만 그런 웅성거림도 홀의 왼쪽 2층에서 내려오는 문이 열리자 거짓말처럼 조용해졌다.

뚜벅뚜벅.

바늘 하나 떨어지는 소리도 들릴 만큼 조용해진 홀에 발걸음 소리만 들린다.

이어서 대한민국에서 내로라하는 그룹의 회장님들이 하

나씩 모습을 드러내자 다들 집중하기 시작했다.

원래대로면 가장 마지막에 회장님들이 나서서 분위기를 정리하면서 모임을 마칠 터였다.

이렇게 중간에 나오는 경우는 극히 이례적이기에 모두가 궁금해했다.

특히나 이렇게 모임 중간에 회장님들이 움직일 때는 경제적으로 이슈가 될 만한 사건이 터지는 경우가 많았다.

그래서인지 혹시라도 뭔가 자신들이 전혀 모르는 놀라운 일이 벌어지는 것은 아닌지 호기심 가득한 눈빛들이다.

"다들 잘 놀고 있는지 모르겠군."

이번 경제인 모임의 주최자인 태평그룹의 박 회장이 마이크에 대고 말을 시작하자,

"네!"

"감사합니다!"

홀에 모여 있는 재벌가의 자제들이 합창하듯 소리쳤다.

술도 살짝 기분 좋게 마신 상태였기에 조금 목소리가 크긴 했다.

하지만 오히려 이런 분위기가 더욱 좋았기에 박 회장은 입가에 미소를 지으면서 말을 이었다.

"다들 즐겁게 노는데 갑자기 늙은이들이 나타나서 놀랐을 거라고 생각하네."

"아닙니다, 회장님."

어차피 매번 모임을 가질 때마다 모이는 사람들이다.

특별히 이번에는 선우재중이 나타나긴 했지만, 천서영이 옆에 붙어서 철벽 방어를 하는 바람에 다른 재벌가의 여자들은 재중과 인사만 할 뿐 친해질 기회가 없었다.

그래서인지 매번 보던 얼굴을 보고 금세 질려가던 와중에 계획에 없던 박 회장의 등장은 모두의 호기심을 자극한 터였다.

다들 오히려 회장님들의 등장을 반기는 분위기였다.

"허허허허, 역시 젊은 것은 좋은 것이지. 하지만 아무래도 지금 발표하는 것이 맞는 것 같아서 기다리지 못하고 조금 서둘렀으니 모두들 이해하기 바라겠네."

박 회장이 말을 하고는 뜸을 들이듯 입을 다물었다.

"뭐지?"

"무슨 발표를 하려는 거지?"

"설마 박태형을 정식 후계자로 발표하시려는 건가?"

"아마 그렇겠지."

재벌가의 자제들도 눈이 있고 귀가 있었다.

박태평이 더 이상 그룹을 이을 자격이 없다는 것은 모두가 알고 있는 사실이다.

대부분의 사람은 박태평의 동생 박태형을 태평그룹의 차

기 후계자로 발표할 것이라고 생각했다.

그리고 이곳에 있는 대부분의 사람들, 아니, 거의 다가 그렇게 생각하고 있다고 해도 과언이 아니었다.

"험험, 뜸 들어서 미안하네. 그럼 발표하겠네. 이미 알고 있겠지만 지금 나는 미래의 태평그룹을 이끌어갈 후계자를 이번 모임에서 정식으로 발표하려고 하네."

"역시."

"맞았네."

"그럼 박태형이 정식으로 다음 태평그룹의 회장님이 되는 거군."

역시나 자신들 생각대로 박 회장이 앞으로 태평그룹을 이끌어갈 후계자를 발표한다는 내용이었다.

순간적으로 웅성거리기는 했지만 의외로 소란은 잠시뿐이었다.

그도 그럴 것이, 대부분의 사람들이 박태형으로 생각하고 있으니 말이다.

이미 굵은 프로젝트 몇 개를 성공시키기까지 했으니 하늘이 두 쪽 나는 이변이 일어나지 않는 한 자신들의 예상이 맞을 것으로 생각했다.

그뿐인가. 이미 축배를 들려고 샴페인 잔을 준비한 사람도 있었다.

"나도 준비해야지."

"그럼 나도."

하나둘씩 샴페인 잔을 들더니 이곳에 있는 전원이 샴페인 잔을 들고 축배 준비를 마쳤다.

"험험, 그럼 발표하겠네. 이제 태평그룹의 미래를 이끌어 갈 나의 다음 대 후계자는 바로 박태평, 나의 장남이네!"

"……."

"……."

순간 홀이 쥐 죽은 듯 조용해졌다.

챙그랑!

거기다 순간 놀란 누군가가 샴페인 잔을 떨어뜨렸는지 잔이 깨어지는 소리까지 들렸다.

하지만 어찌 된 일인지 이곳의 그 누구도 그것에 신경 쓰는 사람이 없었다.

"박태평?"

"설마… 아니겠지."

다들 예상을 완전히 벗어난 박 회장의 발표에 어안이 벙벙해 있었다.

거기다 홀에 있는 재벌가의 자제들만 그런 것이 아니었다.

"허어, 저 사람이 왜 저런 선택을……."

"노망이 든 건가?"

"뭔가 실수가 있겠지."

2층에서 박 회장의 발표를 지켜보던 다른 그룹의 회장들도 황당하기는 마찬가지였다.

절대로 이해할 수 없는 발표였다.

그 누구도 이해할 수 없을 것이다.

그런데 그 순간, 가장 뒤쪽에 있던 박태평이 천천히 사람들 사이를 지나 박 회장이 있는 곳으로 걸어나오기 시작했다.

그러면서 슬쩍 재중과 눈이 마주치자,

"훗~"

가볍게 웃음을 날려준 박태평은 승리자의 미소를 지으면서 천천히 박 회장이 서 있는 곳으로 올라갔다.

"모두 감사드립니다. 제가 태평그룹을 잘 이끌어보겠습니다. 후후후훗."

당당하게 감사 인사까지 하고는 천천히 자신이 왔던 길을 그대로 지나 홀을 빠져나갔다.

"미쳤나 봐."

"태평그룹도… 이제 망했군."

"심각하겠는데?"

박태평의 성격과 자질을 어느 정도는 알고 있는 사람들

이다.

그렇기에 지금 박 회장의 발표를 도무지 믿을 수가 없지만 그렇다고 믿지 않을 수도 없었다.

왜냐하면 박태평이 감사 인사까지 하고 승리자의 미소를 지으면서 당당하게 홀을 빠져나갔으니 말이다.

반면 재중은 그런 박태평의 모습을 끝까지 지켜보곤 테라를 불렀다.

'테라.'

—네, 마스터.

'박 회장에게서 마법의 기운은?'

—음, 없어요. 아주 정신이 말짱한 상태예요.

'그럼 뭐지? 왜 갑자기 박 회장이 박태형이 아닌 박태평을 후계자로 발표한 것이지?'

재중으로서도 지금 박 회장의 발표는 너무나 의외의 상황이었다.

재중 역시 이곳에 있는 사람들과 마찬가지로 생각에 잠겼다.

물론 다른 사람들은 자신의 그룹과 집안이 앞으로 태평 그룹과 어떤 관계를 유지해야 해야 할지 거리 재기를 하면서 자신들의 이득 계산을 하는 것이다.

하지만 재중은 순수하게 어째서 박 회장이 박태평을 후

계자로 발표했는지를 생각 중이었다.

경제인의 모임에서 한 발표는 무겁기로 유명하다는 것을 생각하면 지금 박 회장의 발표는 엄청난 이슈를 만든 셈이다.

태평그룹에서 망나니 박태평을 후계자로 선택했으니 말이다.

『재중 귀환록』15권에 계속…

데일리 히어로

FUSION FANTASTIC STORY

인기영 장편 소설

지금까지 이런 영웅은 없었다!

『데일리 히어로』

꿈과 이상을 가진 평.범.한. 고딩 유지웅.
하지만……
현실은 '빵 셔틀' 일 뿐.

그러던 어느 날, 유지웅의 앞에 나타난 고양이.
그(?)로 인해 모든 것이 바뀌었다.

선행! 선행! 그리고 또 선행!

데일리 히어로 유지웅의 선행 쌓기 프로젝트!

Book Publishing CHUNGEORAM

내일을 향해 쏴라

김형석 장편 소설

FUSION FANTASTIC STORY

1만 시간의 법칙!
'성공은 1만 시간의 노력이 만든다'는 뜻이다.

그러나…
사회복지학과 복학생 수.
전공 실습으로 나간 호스피스 병동에서
미지와 조우하다.

1만 시간의 법칙?
아니, 1분의 법칙!

전무후무한 능력이 수에게 강림하다!
맨주먹 하나로 시작한 수의
인생역전이 시작된다!

Book Publishing CHUNGEORAM

출판이 아닌 자유추구
WWW. chungeoram.com

글삶 장편 소설

FUSION FANTASTIC STORY

세상을 다가져라

[세상을 다 가져라]

문피아 선호작 베스트 작품 전격 출간!
현대판타지, 그 상상력의 한계를 넘어서다!

권고사직을 당한 지 2년째의 백수 권혁준.

우연히 타게 된 괴상한 발명품으로 인해
과거로 회귀한다!

그런데
과거로 온 혁준의 손에 들려 있는 것은 바로
최신형 스마트폰!

"까짓 세상, 죄다 가져 버리겠다 이거야!"

백수였던 혁준의 짜릿한 인생 역전이 시작된다!

Book Publishing CHUNGEORAM

유행이 아닌 자유추구~
WWW.chungeoram.com